KB198256

요코하마 코인 세탁소

Yokohama Coin Laundry

이즈미 유타카 지음
이은미 옮김

서사원

차례

일러두기

본문의 각주는 모두 역자주이다.

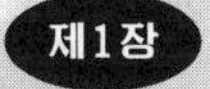

바다 냄새가 나는 세탁소

삑.

…….

'응?'

한 번 더, 삑.

"설마!"

삑, 삑삑삑삑…….

버튼을 계속 눌러보았다. 전원은 켜지는데 작동 버튼이 먹통이었다. 콘센트를 뽑았다가 다시 꽂은 후 또 한 번 시작 버튼을 눌렀다. 세탁기는 여전히 묵묵부답이었다. 이쯤 되면 고장 났다는 사실을 받아들일 수밖에 없었다.

"……망했다."

나카지마 아카네의 입에서 비관적인 말이 흘러나왔다. 세면대가 딸린 탈의실의 세탁기 앞에서 무릎을 감싸안은 채 주저앉았다.

'아니, 왜 하필 지금이야! 아무것도 하고 싶지 않고 밖에도 나가기 싫은 지금 고장 날 게 뭐냐고!'

"아아, 제발…… 꿈이라고 해줘."

눈앞에서 아무것도 모른다는 듯 시치미를 떼고 있는 세탁기에 대고 푸념했다. 대학을 졸업하자마자 부동산 회사에 입사했을 때 장만한, 동그란 유리문이 인상적인 드럼식 세탁건조기였다. 처음 들어보는 브랜드에다 심지어 구형 모델이라는 이유로 세일하던 제품이었다. 그래도 이제 막 사회에 첫발을 내디딘 입장에서는 눈이 튀어나올 정도로 비싼 가격이었다.

당시 아카네는 지금까지와는 비교도 안 될 만큼 바쁜 나날이 시작될 거라고 짐작하고 있었다. 그래서 부모님께 받은 취직 축하금으로, 건조까지 알아서 다 해주는 세탁건조기를 장만했다. 하지만 그때까지만 해도 아카네는 바쁘다는 말의 의미를 제대로 이해하지 못했다. 한숨 돌릴 겨를도 없이 바쁜 것이 이토록 사람의 마음을 시커멓게 얼룩지게 한다는 사실을.

세탁기의 유리문을 열었다. 안쪽 고무 패킹에 마른 먼지가 쌓여 있었다. 먼지를 제거하려고 해봤지만, 딱딱하게 굳어진 상태라 좀처럼 없어지지 않았다. 전원은 켜져도 시작 버튼이 말을 듣지 않으니 이제 와서 이런 세세한 부분을 청소해봤자

무의미해 보였다.

이 세탁기, 정확히 세탁건조기는 3년째 사용 중이었다. 가전제품의 수명이 보통 10년 정도라고 들었는데 아무리 그래도 오래 써서 망가지기에는 아직 일렀다. 아니면, 함부로 다룬 것이 원인이었을까. 지난 3년간의 기억을 돌이켜봐도 아무것도 생각나지 않았다. 집은 그저 잠을 자기 위한 장소였다. 휴일에도 집에서 보낸 시간은 안개에 휩싸인 듯 흐릿할 뿐이었다.

부동산 업계에서 가장 성수기에 해당하는 3월 초순쯤, 아카네는 홧김에 회사를 그만두었다. 벌써 보름 전 일이었다. 그 후로 밖에는 한 번도 나가지 않은 채 끼니는 우버이츠로 배달시켜 때우고 아침부터 밤까지 하염없이 침대 위에서 핸드폰으로 동영상을 보며 지냈다. 앞으로 어떻게 하면 좋을지 막막하기만 했다. 사이타마에서 홋카이도로 귀향한 부모님은 물론이고, 여고생 시절을 함께한 소꿉친구에게도 연락하지 않고 줄곧 집에 틀어박혀 있었다.

'이 빨래들은 어쩌지?'

언제까지고 이렇게 살 순 없다는 생각에 말라버린 의욕을 최대한 짜내서 모처럼 빨래를 하자고 마음먹은 참이었다.

빨래 바구니 안에는 옷가지가 벗어 던진 모양 그대로 쌓여 있었다. 마치 자신이 벗어놓은 허물을 보는 듯했다. 기분이 끝없이 가라앉았다.

"코인 세탁소! 그래, 코인 세탁소에 가자."

한동안 실컷 절망한 후 애써 고개를 들어 올렸다. 핸드폰을 켜고 지도 앱을 열어 근처에 코인 세탁소가 있는지 검색했다. 이 아파트가 위치한 모토마치 지역의 차이나타운역으로 향하는 길에서 왼쪽으로 꺾어 들어간 언덕길에 코인 세탁소 표시가 보였다.

지도 앱에는 사진도 있었다. '요코하마 코인 세탁소'라는 이름에서 마지막 글자 '소'가 벗겨진 채로 빛바랜 간판이 걸린 벽돌 건물이었다. 어두컴컴하고 낡은 가게 내부에는 거대한 드럼 세탁기가 죽 늘어서 있었다.

'여기서 금방이네. 이렇게 지척에 있는데 왜 지금까지 몰랐을까. 이 더러운 빨래를 끌어안고 코인 세탁소로 가서 세탁과 건조가 끝날 때까지 기다렸다가 다시 챙긴 다음……. 아아, 생각만 해도 귀찮다.'

아카네는 고민했다.

하지만 여기서 빨래라는 한 걸음을 내딛지 않으면 자신은 분명 이대로 폐인이 되고 말 것이다. 누군가에게 도움을 요청하고 싶은 마음에 주위를 천천히 둘러보았다. 그러나 트레이닝복 차림에 머리는 부스스하고 등이 구부정한 커다란 덩치의 여자가 잔뜩 풀이 죽은 모습으로 세면대 거울 앞에 서 있을 뿐이었다.

아카네는 집에 있는 가방 중에서 제일 큰 사이즈인, 하와이안 꽃무늬로 가득한 폴리에스테르 재질의 레스포색 보스턴백에 빨랫감을 죄다 욱여넣고 오랜만에 집을 나섰다. 집에 틀어박혀 지낸 지 꽤 된 것 같았는데 세상은 여전히 3월이었다. 햇볕은 따스한데 바람은 차갑고 꽃가루가 날리는 탓에 코가 살짝 간질간질했다. 부동산 업계는 신학기가 시작되는 4월을 앞두고 1월부터 3월까지 대학 입학이나 취직, 이직 등으로 이사하려는 사람들이 점포마다 북새통을 이룬다. 매년 이 시기에는 거의 날마다 자정까지 야근이었다.

햇빛에 눈이 부셨다. 선글라스가 있었으면……. 큼지막한 마스크랑 얼굴을 가릴 수 있는 모자도……. 아니, 그냥 투명 인간이 되는 망토가 있었으면……. 그런 생각을 하며 평소보다 등을 더 구부려 바짝 움츠린 채 걸었다.

요코하마 차이나타운과 야마시타 공원 그리고 야마테로 이어지는 이 부근은 아주 조금만 걸어가도 완전히 다른 풍경이 펼쳐지는 신기한 곳이었다.

셀 수 없이 많은 중화요리점이 자리 잡은 탓에, 차이나타운은 언제나 볶음 요리 특유의 기름진 냄새가 공기 중에 떠돌았다. 다닥다닥 붙여서 증축해 요새처럼 변한 개성적인 아파트. 입구에 달랑 영어 간판만 붙어 있는 게스트 하우스. 진한 향냄새가 물씬 풍기는, 왠지 모르게 인도 분위기가 나는 기념품 가게. 혁필화•를 그리거나 고추 모양의 부적을 팔거나 점을 치는 노점상들. 그런 곳이 잡다하게 모인 거리에서 중화풍의 화려한 문을 빠져나가 바다를 향해 5분 정도 걸으면, 다이쇼大正 시대•• 를 연상케 하는 호화스러운 석조 건물과 전후에 맥아더 장군이 살았다고 전해지는 뉴그랜드 호텔이 눈에 들어왔다. 그리고 해안가에는 관광객으로 넘쳐나는 야마시타 공원이 있었다.

한편, 차이나타운에서 수도 고속도로의 고가도로를 낀 남서쪽은 외국인 거류지가 있던 시절에 깎아지른 절벽이란 뜻의 '블러프bluff'라고 불렸던 고지대로 이루어져 있었다. 그 일대는 외국인 묘지와 교회가 들어선 야마테라 불리는 고급 주택단지였다. 요코하마 코인 세탁소는 딱 그 세 지역이 겹치는 중심부에 자리 잡고 있었다.

띵~동.

느릿하게 울리는 차임벨 소리가 귀에 익어서 번쩍 정신이 들었다.

"어서 오세요!"

일본어가 서툰 사람 특유의 이색적인 억양으로 점원이 맞

• 납작한 가죽으로 여러 빛깔의 글씨와 그림을 겹쳐서 그리는 그림.
•• 1912년~1926년.

아주었다. 코인 세탁소에 가려고 했는데 자신도 모르게 단골 편의점 안에 들어와 있었다. 보름 전까지만 해도 퇴근길에 편의점에 들르는 것이 일종의 루틴이었다. 슈퍼마켓보다 약간 비싸게 파는 스낵류 과자와 편의점 한정판 젤리, 너무 달아서 속이 메스꺼워져도 자꾸만 손이 가는 생크림 범벅의 간식을 매일 1000엔 가까이 충동 구매를 하곤 했다.

편의점 안에는 풍채 좋은 외국인 중년 여성이 핸드폰을 귀에 대고 큰 소리로 통화하면서 물건을 고르고 있었다. 계산대 근처에는 데이트 중으로 보이는 커플이 길거리에서 먹기 좋은 니쿠만肉まん•과 치킨을 사고 있었고, 신선식품 코너에서는 점잖은 옷차림의 노인이 채소를 고르고 있었다.

오랜만에 접하는 바깥세상. 그러나 너무 많은 정보가 한꺼번에 쏟아져 더는 견디지 못하고 허둥지둥 발길을 돌렸다. 등 뒤에서 차임벨 소리가 또 한 번 경쾌하게 울리자 위가 찌르르 아파왔다.

아침이라기에는 한참 늦은 시간, 요코하마의 하늘은 맑고 푸르게 빛나고 있었다. 하지만 바다에서 세차게 불어오는 바람은 차가웠다. 두툼한 다운 점퍼를 걸치고 왔는데도 아카네는 위축되었다.

• 만두호빵과 비슷한 일본 간식.

'응? 여긴가?'

몸을 움츠린 채 종종걸음으로 도착한 곳은 핸드폰으로 확인했던 모습과는 상당히 달랐지만 사진에서 봤던 그 건물이었다. 경사가 완만한 언덕길 중간에 빨간 벽돌로 지어진 오래된 아파트였다.

그러나 1층에 자리한 코인 세탁소는 마치 카페처럼 세련된 공간으로 바뀌어 있었다. 편의점의 절반 정도 되는 깊이에 폭이 긴 직사각형 구조로, 출입구가 있는 정면은 통유리로 되어 있어서 가게 내부가 봄볕을 받아 하얗게 반짝였다. 한 글자가 벗겨져 있던 간판은 검은 글씨로 작게 '요코하마 코인 세탁소'라고 적힌 새 간판으로 교체돼 있었다.

주뼛거리며 밖에서 가게 안을 들여다보았다. 가게 안에는 커다란 드럼식 세탁기가 늘어서 있었다. 크림색 플라스틱 부분이 살짝 낡아서 변색되긴 했지만, 깔끔한 마감 처리로 빈티지 스타일이라고 해도 위화감이 없을 정도였다.

한창 사용 중인 드럼 세탁기 안에서는 빨래들이 빙빙 돌아가고 있었다. 도로에 면한 통유리 창 쪽에는 다섯 명 정도 앉을 수 있는 카운터 테이블이 설치되어 있었고 가게 한가운데에는 빨래를 분류하기 위한 작업대가 놓여 있었다.

카운터 테이블에는 아디다스 점퍼 차림의 30대로 보이는 남자가 애플 로고가 찬란하게 빛나는 맥북을 펼쳐놓고 심각한 얼굴을 하고 있었다. 남자는 점퍼에 운동화를 신은 캐주얼한 차림이었는데도 아카네와 달리 아주 세련돼 보였다. 왁스로 깔끔하게 세팅한 머리 때문인지도 몰랐다.

"……여긴 패스하자."

자다 일어나 뻗친 머리를 대충 뒤로 묶은 채 집에서 입는 트레이닝복 위에 다운 점퍼 하나만 걸친 자신의 모습이 유리창에 비쳤다. 코인 세탁소를 막 등지고 돌아선 그때.

"안녕하세요. 뭘 도와드릴까요?"

자동문이 열리고 안에서 낭랑한 목소리가 들려왔다. 드럼세탁기가 돌아가는 소리와 함께 좋은 냄새가 희미하게 풍겨져 나왔다. 달콤한 꽃향기 같으면서도 향수처럼 진하지 않아 부담스럽지 않은 냄새. 비누 냄새였다. 목소리의 주인은 데님 재질의 앞치마를 두른 가냘픈 여자였다.

"뭘 도와드릴까요?"

여자의 말은 특별할 게 없었다. 가게에서 손님을 맞이할 때 흔히 하는 말이었다. 그런데 그 한마디가 아카네의 마음속에 들어와 훅 꽂혔다.

'도와주었으면 하는 일? 내 인생. 앞으로 어떻게 살아야 할지 막막하기만 한 이 인생.'

아카네는 아주 잠깐이라도 좋으니 누군가 손을 잡고 같이 걸어주었으면 했다. 다시 한번, 이 세상을 자신의 힘으로 살아가는 방법을 가르쳐주었으면 했다. 여자가 그런 깊은 뜻으로 한 말이 아니라는 것쯤은 물론 알고 있었다. 그저 "어서 오세요"를 대신한 인사일 뿐이었다. 분명 그걸 모르지 않는데도 콧속에서 눈물 맛이 느껴졌다.

여자는 이쪽을 똑바로 쳐다보고 있었다. 아카네보다 머리 하나 정도 키가 작았다. 눈썹 위로 잘린 짧고 가지런한 앞머리에 어깨 길이쯤 되는 머리를 잔머리 한 올 삐져나오지 않게 정리해 뒤로 묶은 모습이었다. 화장기 없는 얼굴과 동그랗고 까만 눈에 긴 속눈썹. 하얀 뺨에는 주근깨가 조금 올라와 있었다. 아마도 나이는 30대 초반 정도일 듯했다. 소녀처럼 귀엽게 생겼지만, 시선은 올곧아서 야무진 어른 특유의 침착한 면모가 엿보였다. 막 세탁한 새하얀 빨래처럼 청결한 인상을 주는 사람이었다.

"아, 아니요……."

뭐라고 대답해야 할지 몰라 무심코 불룩한 보스턴백으로 시선을 돌리고 말았다. 그러자 여자의 시선도 보스턴백으로 향했다.

"코인 세탁소는 처음이신가요? 저는 여기 점장인 아라이 마나라고 합니다. 혹시 괜찮으시면 이용 방법에 관해 설명해 드릴까 하는데 어떠세요?"

마나라고 이름을 밝힌 여자는 미소 띤 얼굴로 아카네를 가게 안으로 맞아들였다.

"네? 어, 네……."

그대로 뒤돌아 도망가기도 뭣해서 아카네는 가게 안으로 한 걸음 발을 들여놓았다. 세제 냄새와 건조기가 내뿜는 열기, 거기에 더해 고소한 커피 향이 감돌고 있었다.

"세탁이 끝날 때까지 기다리시는 동안 100엔만 내시면 커피를 계속 리필해 드실 수 있어요. 와이파이도 준비되어 있으니 편하게 시간을 보내시면 됩니다."

카운터 테이블에 앉아 맥북을 마주하고 있는 남자에게 힐끔 시선을 주었다. 플라스틱 뚜껑이 달린 종이컵을 입으로 가져가고 있었다. 자동문을 열고 들어오면 바로 스태프 공간으로 이어지는 곳에 카운터가 보였다. 거기에 은빛 광택을 뽐내는 커피머신이 놓여 있었다.

"이용 방법은 아주 간단해요. 빨래를 넣고 동전을 넣기만 하면 알아서 세제량을 조절해 세탁해주거든요. 이게 세탁기고, 저게 건조기 그리고 이쪽이 세탁건조기예요. 저쪽에는 특수한 빨랫감을 세탁하는 별도의 세탁건조기와 세척 공간이 마련되어 있으니 편하게 사용해주세요."

마나가 손으로 가리키며 친절하게 알려주었다.

세탁기와 건조기, 세탁건조기는 셋 다 외관이 거의 비슷해서 잘 구분되지 않았다. 단, 세탁기는 400엔, 건조기는 15분에

100엔, 세탁건조기는 700엔 이렇게 저마다 다른 금액이 기계에 표시되어 있었다.

세탁기와 건조기는 각각 여섯 대, 세탁건조기는 네 대였다. 카운터 안쪽으로는 사람 한 명이 거뜬히 들어가고도 남을 듯한 대형 세탁건조기와 신발 전용 세로형 세탁건조기, 그리고 학교 실험실에서 쓸 법한 매끄럽게 연마된 싱크대가 보였다.

세탁기는 반 이상이 사용 중이었다. 빨래가 안에서 돌고 있거나 사용 중 램프가 꺼진 채 유리문 너머로 세탁이 끝난 빨래가 겹겹이 쌓여 있었다.

벽시계로 눈을 돌려 시간을 확인했다. 오전 10시였다. 이 시간대가 원래 붐비는 건지, 아니면 이것도 한산한 편에 속하는지 알 수 없었다.

"그럼, 세탁건조기를 쓸게요."

오늘은 고장 난 드럼식 세탁건조기를 대신할 것을 찾아 여기에 왔으니까.

"네, 그러세요. 아……."

마나의 표정이 흐려졌다.

"죄송합니다. 지금 세탁건조기는 전부 사용 중이네요."

마나는 한 번 더 확인하듯 허리를 구부려 네 대의 세탁건조기를 들여다보았다. 네 대 중 세 대는 작동 중이었고, 멈춰 있는 한 대의 손잡이에는 돈키호테•의 낡은 노란색 비닐봉지가 아무렇게나 묶여 있었다. 점장의 권한으로 다 끝난 빨래를 치워주리라 기대했지만 마나는 미안해하는 얼굴로, "죄송합니다. 지금은 세탁과 건조를 따로 이용해주셔야 할 것 같아요" 하고 머리를 숙였다.

"……아, 네……."

"이쪽이에요. 아, 동전 교환기는 저쪽에 있으니 편하게 이용하세요."

마나가 카운터로 돌아간 후 아카네는 비어 있는 세탁기에 가져온 빨래를 집어넣었다. 동그랗고 두꺼운 유리문이 잘 닫혔는지 확인한 다음, 지갑에 마침 넉넉히 들어 있던 100엔짜리 동전 네 개를 투입구에 밀어 넣었다. 세탁기는 마지막 100엔짜리 동전이 들어가자마자 잠에서 깬 듯 돌아가기 시작했다.

• 일본의 대형 할인 잡화점.

"인사하는 소리가 왜 이렇게 작아? 덩치는 산만 한 게 목소리가 그게 뭐야!"

"죄송합니다! 시정하겠습니다!"

입사 첫날 야차•같이 생긴 점장한테 꾸지람을 듣고 그때까지 내본 적 없는 큰 목소리로 인사했다. 고개를 숙이던 그 순간 뭔가 이상하다고 생각했지만, 이 정도 상황에도 적응하지 못한다면 어디서든 적응하기 힘들거라는 생각이 뒤따랐다.

아카네는 어릴 때부터 공부도 운동도 영 젬병이었지만, 부모님의 권유로 중학교 입시에 도전해 느슨한 분위기의 어느 사립 재단에서 운영하는 여중 여고를 다녔다. 대학 입시도 나

• 불교 팔부 중의 하나로 사람을 괴롭히거나 해친다는 사나운 귀신.

름대로 노력해서 커트라인이 그리 높지 않은 도쿄의 한 사립대에 진학했다.

대학 생활 동안 동아리 활동으로 사람들을 이끌어본 경험도 없었고 세계 일주를 꿈꿀 만큼 에너지가 넘치는 스타일도 아니었다. 남들보다 사교성이 특출나다거나 혼자서도 뭐든 해내는 집요한 근성이 있는 것도 아니었다. 이렇다 할 장점이 하나도 없는 학생이었던 탓에 좀처럼 취업이 되지 않아 초조한 날들이 이어졌다. 그때 어느 부동산 회사에서 같이 일해보자는 권유를 받았고 기쁜 마음으로 입사했다.

아카네가 들어간 곳은 관동 일대에 여러 지점을 낸 그럭저럭 규모 있는 회사였다. 배정된 요코하마 지점은 요코하마역 서쪽 출구에서 도보로 5분이면 도착하는, 탁한 물이 흐르는 큰 강변에 있었다.

사실 요코하마역 주변은 대형 복합 빌딩•이나 지하 상점가 같은 상업 시설과 음식점이 모여 있는 평범한 번화가였다. 다른 지역 사람들이 요코하마라는 단어에서 으레 연상하듯 바다와 항구를 배경으로 이국적인 정취가 흘러넘치는 곳이 전혀 아니었다. 요코하마역은 JR••, 민영 지하철, 공영 지하철의 각 노선이 교차하는 번잡한 환승역에 불과했다.

• 역사 건물과 빌딩이 합쳐진 형태.

•• 일본의 국영 철도였으나 지금은 민영화됨.

아카네는 입사 1년 차부터 거의 하루도 쉬지 못할 정도로 바빴다. 회사는 나이와 경력에 상관없이 언제나 성과를 내라고 강요했다. 영업직은 성실성과 배려심을 바탕으로 우량 고객과 오랜 신뢰 관계를 쌓는 것이 일반적이지만 회사에서는 무리한 영업 방식만을 요구했다. 그 때문인지 이직률이 상당히 높았다.

같은 지점에 배정된 입사 동기 세 명 중 한 명은 입사한 지 한 달이 좀 지났을 즈음 골든 위크 연휴•를 기점으로 회사에 나오지 않았다. 또 한 명은 1년 차가 끝날 무렵 가족에게조차 목적지를 밝히지 않고 돌연 행방이 묘연해지는 바람에 한차례 큰 소동이 벌어진 후에야 아버지가 대신 퇴사 절차를 밟으러 회사로 찾아왔다. 그러는 동안에도 제법 오래 다녔던 사람이 마치 팽팽했던 실이 툭 끊어지듯 갑자기 사표를 내거나 경력직으로 채용된 사람이 출근 첫날 바로 그만두는 일이 있었다.

다들 자기가 맡은 일을 감당하는 것만으로도 버거워했기에 아카네는 업무에 관해 상담하거나 의지할 만한 사람을 주위에서 찾기 어려웠다. 그야말로 고독했다. 사람들이 그만둘 때마다 신입 직원인 아카네가 맡아야 할 일들은 계속 늘어났

• 일본에서 4월 말부터 5월 초까지 공휴일이 모여 있는 기간.

다. 입사한 지 반년 만에 부점장이라는 직책을 달았을 때는 이 모든 게 질 나쁜 농담 같다는 생각이 들었다. 아무 실적도 없이 기본적인 사무조차 제대로 익히지 못한 자신이 부점장이라니. 아무리 생각해도 이건 아니었다.

그럼에도 불구하고 한편으로는 그 직함을 아주 조금 반기기도 했다. 고객에게 명함을 건넬 때 오오, 하고 놀라는 표정과 이렇게 젊은데 벌써, 하고 다시 봤다는 듯한 얼굴을 마주할 때마다 그랬다. 실력도 경험도 전혀 갖추지 못했다는 사실을 스스로 제일 잘 알고 있었지만, 그런 생각과는 반대로 내심 우쭐하는 추잡한 희열이 가슴속에 퍼졌다. 실은 무서워서 견딜 수가 없었는데도. 앞날 같은 건 생각할 여유가 없었다. 일단 무리하게 영업이든 뭐든 해서 계약을 맺고 실적을 올려야만 했다. 그럴 수밖에 없는 날들이었다.

집을 구하기 위해 낯선 도시를 찾은 사람들은 몹시 불안해 보였다. 그런 사람들을 기진맥진할 때까지 데리고 다니면서 추천 물건을 보여주고 다른 사람에게 빼앗길지도 모른다며 불안감을 조성해 계약을 성사시켰다. 입주한 후에는 어떤 문제가 생겨도 우리는 중개만 했을 뿐 관리 회사가 아니라며 악덕 업자처럼 모르쇠로 일관하고 책임을 회피하는 것이 암묵적인 룰이었다. 어쩌다 한숨 돌릴 여유가 생길 때면 이건 아무리 생각해도 잘못된 일이라고 항의하고만 싶어졌다. 하지만 매일 늦게까지 야근하고 제대로 쉬지도 못한 채 허구한 날 점장에게 야단맞는 날이 이어지자 머릿속이 새하얗게 변해 아무것도 생각할 수 없게 되었다.

'꼭 공동현관에 자동잠금 시스템이 설치된 곳으로 부탁합니다.'

'볕이 잘 드는 게 중요해서 남향인 집을 찾고 있어요.'

'좁아도 되니까 역에서 가까운 집이요.'

그런 식으로 지극히 평범한 조건을 이야기하는 사람들 앞에서 제발 부탁이니 여기서 더 이상 자신의 일을 늘리지 말라고 울부짖고 싶었다.

"이 집, 꼭 그 녀석이 계약하게 만들어. 알겠지?"

그럴 때 점장이 낮은 목소리로 못을 박으면 거역할 도리가 없었다. 만만해 보이는 사람에게 희망하는 조건과 맞지 않는 집이나 인기 없는 집을 떠넘겨 계약 건수를 늘려가는, 어떻게든 실적을 올리는 데에만 급급한 지옥 같은 나날이었다.

"오오, 프로! 잘했어!"

아카네가 계약을 성사시키면 점장은 웃으며 프로라고 불렀다. 여자 프로레슬러란 뜻이었다. 아카네의 키가 176센티미터인 것을 두고 하는 말이었다.

매일 밤 편의점에서 달콤한 주전부리를 사 먹는 불규칙한 생활 때문에 조금씩 살이 찐다는 자각은 있었다. 그나마 비만

지수를 나타내는 BMI는 아무 문제 없는 표준체중 범위 안에 들었다. 그래도 아카네의 덩치는 같은 키의 남자에 비해 한 둘레는 더 커 보였다.

'그 정도 체격이면 여자 프로레슬러나 하지 그랬어?'

'학교 다닐 때 운동 안 했어? 뭐어? 왜, 어째서? 딱 운동할 몸인데!'

'차라리 남자였다면 좋았을걸!'

이런 식으로 아카네의 외모는 언제나 웃음거리가 되기 일쑤였다.

"넌 성희롱당할 걱정 안 해도 되니까 좋겠다."

"네, 그런 걱정은 없습니다! 맡겨만 주세요!"

일부러 과장된 동작으로 가슴을 탁 쳐 보이고는 밤에도 몇 번이나 남자 고객과 단둘이 집을 보러 다녔다. 하지만 내심 전기가 안 들어오고 욕실도 없는 허름하기 짝이 없는 연립주택에서 수상하게 구는 남자 고객과 함께 손전등 불빛에 의지해 집 안을 살펴볼 때면 굉장히 무서웠다. 회사 차를 같이 타고 가다가 능글맞은 말투로 난 큰 여자도 가능해, 라는 말을 들었을 때는 분한 나머지 울고 싶었다.

"괜찮으시면 커피 한잔 드릴까요? 저희 가게에 처음 방문하신 손님은 무료거든요."

그 말을 듣고서야 정신이 들었다. 마나가 미소 띤 얼굴로 뚜껑을 씌운 종이컵을 내밀었다. 세탁기 속 빨래를 멍하니 들여다보며 잠깐 딴생각을 했다.

"고맙습니다."

감사 인사를 하고 근처에 있던 바퀴 달린 동그란 의자에 걸터앉았다. 뚜껑의 작은 구멍에서 고소한 커피 향이 풍겼다. 종이컵이 뜨거워 바로 마셨다가는 입안이 데일 것 같았다. 아카네는 표면이 거칠거칠한 두꺼운 종이컵을 손바닥으로 살짝 감쌌다. 온기가 온몸으로 퍼지는 느낌이었다.

"세탁기가 돌아가는 모습을 보고 있으면 은근히 재미있지요? 저도 이따금 가만히 구경하고 싶을 때가 있어요."

마나가 조금 떨어진 곳에서 세탁기를 바라보며 말했다.

샤워기가 물을 뿜어내듯 유리문 전체에 기세 좋게 물이 퍼부어졌다. 그다음엔 새하얀 거품을 튀기더니 아카네의 빨래를 세탁하기 시작했다. 모터가 움직이는 소리, 빨래가 돌아가는 소리, 때때로 한여름 소나기처럼 요란한 소리를 내며 물이 요동쳤다. 그러다 잠시 후 세탁기가 동작을 멈추었는데 이번에는 헹굼 모드에 들어가려는 모양이었다.

"거품이 많이 나는 것치고는 세제 냄새가 그렇게 심하지 않네요."

킁킁 냄새를 맡아보았다.

"가능한 한 향이 없는 걸 쓰고 있어요. 저희 코인 세탁소에서는 손님이 취향대로 세제를 고를 수 없으니까요."

마나가 고개를 끄덕이며 대답하고는 계속해서 말했다.

"건조기까지 돌리면 은은하게 세제 향도 나고 옷이 뽀송뽀송해져서 아주 기분이 좋답니다."

'아주 기분이 좋다, 라.'

마나에게 웃어 보이려고 했는데 눈물이 한 방울 툭 떨어졌다.

"어머, 죄송해요."

당황한 나머지 고개를 돌리고 괜히 기침하는 척했다.

"괜찮으세요? 물 좀 갖다 드릴까요?"

마나가 걱정스러운 듯 물었다.

"아뇨, 괜찮아요. 고맙습니다. 커피 잘 마실게요."

미소로 얼버무리고는 커피를 한 모금 마셨다. 산미가 거의 없고 부드러우면서도 약간 쓴맛이 났다. 어릴 적 할머니와 먹었던 보리미숫가루 같은 향이 콧속으로 스며들었다. 후우, 하고 숨을 내쉬었다. 무언가를 맛있다고 느껴보는 건 오랜만이었다. 뽀송뽀송해져서 은은한 세제 향을 풍길 빨래가 기대되었다.

문득 창밖으로 시선을 주었다. 순간 숨이 멎었다. 낯익은 사람이 거리를 걷고 있었다. 아카네보다 조금 나이가 많고 심약해 보이며 팔자 눈썹을 한 남자.

'오카모토 씨…….'

1년 전에 아카네가 담당했던 고객으로, 직업은 파견직 시스템 엔지니어였다. 마루노우치•에 직장을 잡고 신요코하마에 있는 회사로 파견을 나가게 되면서 자취를 시작한 사람이었다.

오카모토 씨는 해가 잘 드는 집으로 찾아달라고 했다. 누가 봐도 마음 약해 보이는 얼굴로 "그 외에 별다른 조건은 없습니다"라고 말하며 웃었다. 마침 잘됐다 싶어 오랫동안 입주하려는 사람이 나타나지 않아 매번 집주인한테 시달려왔던 애물단지를 떠넘겼다. 역에서 멀고 좁은 것은 물론, 지어진 지 오래된 주제에 저렴하지도 않고 엘리베이터도 없는 4층 집을.

오카모토 씨는 아카네를 전혀 의식하지 못한 듯 가게 앞을 스쳐 지나갔다.

'어째서 오카모토 씨가 여기 있는 거지?'

그때 세탁 종료음이 명랑하게 울렸다.

"아, 다 됐네요. 그럼, 이제 건조기로……."

"죄송해요. 아무래도 그만 가봐야겠어요."

아카네는 허둥지둥 자리에서 일어났다. 한시라도 빨리 집으로 돌아가고 싶었다.

"갑자기 급한 일이 생각나서요. 빨래는 집에서 말릴게요.

• 도쿄에 위치한 일본의 비즈니스 중심지.

커피, 잘 마셨습니다."

몸을 수그려 드럼 세탁기 안에 어깨가 들어갈 정도로 팔을 쑤욱 집어넣었다. 탈수되느라 뒤엉킨 빨래를 꺼내 허겁지겁 보스턴백에 담았다.

"아, 그러시군요. 알겠습니다."

마나는 아카네의 태도가 별안간 달라졌는데도 놀란 표정을 짓지 않고 침착한 말투로 "언제든 또 찾아주세요. 기다리고 있을게요" 하고 미소 띤 얼굴로 배웅했다.

아파트에 돌아와 현관문을 열자 나갈 때 끄지 않았던 에어컨의 건조한 바람이 밀려왔다. 어깨에 메고 있던 보스턴백을 바닥에 내려놓았다. 젖은 빨래가 가득 담긴 보스턴백은 묵직했다.

빨래는 야무지게 탈수된 상태였다. 그러나 방수 코팅이 되지 않은 가방에서 물기가 조금씩 배어난 탓에 청바지의 허벅지 부분이 젖고 말았다. 젖은 빨래를 그대로 방치하면 잡균이 끓어 악취의 온상이 되어버릴 것이다. 실내용 세제 광고에서 그런 말을 들은 적이 있었다.

'얼른 널어야 하는데.'

여태까지는 세탁건조기에 빨래를 대충 던져 넣고 시작 버튼을 누르면 모든 게 다 끝나 있었다. 그래서 베란다에 빨랫줄은 고사하고, 빨래집게가 잔뜩 달린 문어발 건조대조차 없었다.

어쩔 수 없이 옷장에서 옷걸이를 꺼내 빨래를 걸었다. 셔츠나 타월을 비롯해 양말이나 속옷처럼 자질구레한 것들은 그냥 걸치기만 해놓아서 위태로워 보였다. 그것을 조립식 욕실의 커튼 봉에 걸고 내친김에 보스턴백도 매단 후 환풍기 전원 버튼을 눌렀다. 이렇게 하면 어떻게든 마르긴 할 것이다. 빨래 널기 숙제를 끝내자 긴 한숨이 흘러나왔다.

집 안은 먼지투성이였다. 바퀴벌레가 나오는 게 무엇보다 무서워 먹다 남은 과자나 마시다 남은 음료수 페트병을 그대로 두는 일은 없었다. 그러나 바닥에는 철 지난 옷들이 쌓여 있었고 낮은 탁자 위에는 회사 다닐 때 쓰던 화장품이 흩어져 있어 너저분했다. 되도록 집 안에 눈길을 주지 않으려고 애쓰며 침대 이불 속으로 파고들었다.

"……역시 망했어."

입에서 아침과 같이 비관적인 말이 흘러나왔다. 하필이면 세탁이 막 끝났을 때 전 직장의 고객을 보게 되다니. 빨래를 건조기에 옮긴 후였다면 그 자리에 머무를 수밖에 없었을 것이다. 그랬다면 크게 심호흡한 다음 마음을 다잡고 천천히 커피를 마시며 아무 일도 없었다는 듯 세탁소에 남아 있었을 텐데.

아까 보았던 광경이 뇌리를 스쳤다. 괜찮다. 오카모토 씨는 불행해 보이지도 않았고 지극히 평범한 모습으로 코인 세탁소 앞을 걸어가고 있었다. 입주한 후에도 어떤 불만도 제기하지 않았고 금세 다른 집으로 이사를 가지도 않았다. 틀림없이 아카네에 관한 기억은 다 잊어버렸을 것이다.

하지만 오카모토 씨의 심약하고 어딘가 난처해 보이는 팔자 눈썹을 본 순간, 몹시 괴로운 기억이 되살아났다. 사람을 해치는 것과 그다지 다를 바 없는 일을 하던 때의 기억. 마음이 완전히 오염되어서 새까맣게 변해버렸던 날들에 관한 기억이었다.

문득 아까 코인 세탁소에서 만났던 마나라는 사람이 떠올랐다. 등을 꼿꼿하게 펴고 즐겁게 일하던 사람. 막 세탁이 끝난 새하얀 빨래처럼 청결한 분위기를 풍기던 사람.

'뭘 도와드릴까요?'

그렇게 친절히 모든 손님에게 말을 걸 수 있는 사람은 자신처럼 마음이 새까매지는 일을 결코 겪은 적이 없을 것이다.

그때 풀썩, 하는 소리가 들렸다. 욕실에서 나는 소리였다. 안 좋은 예감이 들었다. 무거운 몸을 질질 끌며 침대에서 일어났다.

"앗!"

조립식 욕실 문을 열자 배스타월이 옷걸이째 바닥에 떨어져 있었다. 살펴보니 자취를 시작할 때 본가에서 가져온 플라스틱 재질의 낡은 옷걸이의 훅이 꺾여 있었다. 오랫동안 사용해서 약해진 데다 물기를 머금어 무거워진 배스타월을 걸어둔 탓이었다. 배스타월을 주워 들고 커튼 봉을 올려다보니 걸어두었던 빨래가 보이지 않았다. 빨래집게가 없어서 옷걸이에 그냥 걸쳐두기만 했던 빨래들도 욕조 안에 떨어져 있었다.

"진짜 망했네……."

아카네의 입에서 세 번째로 비관적인 말이 튀어나왔다.

점심으로 사 놓았던 컵라면을 먹고 가슴속에 들끓는 짜증을 가라앉히듯 핸드폰을 보고 있었더니 밖은 어느새 땅거미가 지고 있었다.

빨래는 널었을 때보다 어느 정도 말라 있었다. 하지만 여전히 축축하고 차가웠다. 빨래를 손에 들고 잠시 망설였다. 그냥 이대로 입을까 하는 생각도 들었다. 피부에 닿는 순간은 조금 찝찝하겠지만 못 입을 정도는 아니니까. 배스타월도 몸을 닦으면 어차피 젖어버릴 테니 아주 조금 축축해도 문제 될 것은 없었다. 내일 입을 옷은 에어컨을 켜둔 방에 하룻밤 걸어놓으면 마를 것이다.

'아니야. 그런 건 싫어.'

몸서리치듯 고개를 크게 내저었다. 눈에 눈물이 고였다. 이런 생활은 이제 지긋지긋했다. 덜 마른 빨래처럼 비참한 생활은 더는 사양이었다.

낮에 갔던 코인 세탁소의 풍경이 떠올랐다. 세제 냄새, 건조기의 열기, 고소한 커피 향. 다시 한번 그곳에 가고 싶었다. 코인 세탁소에서 빨래들을 바싹 말려 뽀송뽀송하게 만들고 싶었다.

"좋았어!"

스스로에게 기합을 넣듯 한마디 외친 후 덜 마른 보스턴백을 열었다.

"어, 아까 오전에 오셨던……. 잘 오셨어요!"

아카네를 알아본 마나는 마치 친구를 대하듯 친밀한 미소를 지어 보였다.

"아까는 죄송했어요. 갑자기 급한 일이 생기는 바람에……."

"네, 기다리고 있었어요."

세탁만 하고 돌연 급하게 돌아가버린 수상한 행동에 관해서는 조금도 신경 쓰지 않는 눈치였다. 마음이 놓였다.

"두 번째 빨랫감을 가져오셨나요? 이제 세탁건조기를 사용하실 수 있어요."

마나의 시선을 따라가보니 네 대의 세탁건조기 중 한 대의 유리문이 열려 있었다. 아, 하고 마음속으로 중얼거렸다. 나머지 세 대 중 두 대는 사용 중이었고 한 대의 유리문 손잡이에는 여전히 아침에 봤던 것과 똑같은 노란 돈키호테 비닐봉지가 묶여 있었다. 오늘 아침부터 쭉 방치되고 있는 모양이었다.

"실은 오늘 아침에 여기서 세탁하고 간 빨래예요. 집에서는 잘 안 말라서 역시 건조기를 쓰는 게 낫겠다 싶어서……."

"걱정하지 마세요. 순식간에 마를 겁니다. 실내에서 어느 정도 말리셨다면 10분이면 충분할 거예요."

"10분요? 그렇게 빨리요?"

놀란 나머지 되물었다. 아카네의 집에 있는 드럼식 세탁건조기는 건조하는 데 대체로 2시간 이상이 걸렸다. 빨래가 어느 정도 마른 상태라고는 해도 적어도 30분 이상은 걸리리라 예상했다.

"네, 코인 세탁소의 건조기는 가스식이어서 집에서 쓰는 전기식 세탁건조기와는 힘 자체가 완전히 다르거든요. 이쪽으로 오세요."

마나가 이끄는 대로 따라가 건조기에 가져온 빨래를 넣었다. 옆에서 마나가 지켜보는 동안 배스타월, 파자마, 점퍼, 티셔츠 등을 던져 넣었다. 그러다 베이지와 블랙 색상의 브라컵이 달린 캐미솔과 줄무늬 팬티를 보고는 깜짝 놀라 손을 멈추었다.

'건조기가 돌아가는 동안 유리문 너머로 속옷이 그대로 보이면 어떡하지?'

건조가 끝나고 빨래를 꺼낼 때 마주칠 사람들의 시선도 신경 쓰였다. 아카네는 가게 안을 둘러보았다. 어느 사이엔가 마나는 입구 옆 카운터로 돌아가 있었다. 아카네 말고 다른 손님은 아무도 없었다. 다음부터 코인 세탁소를 이용할 때는 세탁망을 챙겨 와야겠다고 생각하며 투입구에 100엔짜리 동전을 한 개 밀어 넣었다.

액정에 10분이라는 숫자가 표시되었다. 시작 버튼을 누르자 건조기가 돌아가기 시작했다. 드라이기에서 나는 것 같은 바람 소리가 났다. 덜 마른 빨래는 숙련된 주방장이 조리하는 볶음밥의 밥과 알록달록한 채소들처럼 골고루 흩어져서 멋지게 공중제비를 돌았다.

가게 안에 아무도 없는지 한 번 더 확인한 다음 카운터로 향했다.

"커피 한잔 부탁드려요."

100엔을 내밀며 말했다.

그때 카운터 옆에 '세탁 대행'이라고 적힌 요금표가 눈에 들어왔다. 생소한 단어였다. 요금은 세탁 가방의 크기로 정해지는 모양이었다. 작은 가방은 1500엔, 큰 가방은 2500엔. 코인 세탁소에서 세탁과 건조를 이용하는 요금에 500엔 정도를 더한 금액이었다. 마지막 줄에는 '세탁 상담 0엔'이라고 적혀 있었다.

"네, 알겠습니다. 내리는 대로 갖다 드릴게요."

"고맙습니다. 그럼 세탁기 앞에 있을게요."

건조기 안의 내용물이 보이지는 않을지 여전히 신경이 쓰였다. 바로 돌아가 동그란 의자에 앉았다. 마나가 말한 대로 가스식 건조기의 힘은 굉장해서 고작 몇 분 자리를 비웠을 뿐인데도 빨래가 아까보다 훨씬 가벼워 보였다. 하지만 속옷을 비롯해 성별이 드러나는 빨래가 보일 때마다 약간 긴장되었다. 평소엔 남에게 보일 일 없는 속옷이 이렇게 밝고 눈에 띄는 장소에 있는 광경을 보니 기분이 이상해졌다.

'잘 보고 있어야지.'

마음속으로 다짐한 후 그래서는 안 된다는 걸 알면서도 사용 중인 다른 건조기를 슬쩍 살펴보았다. 이쪽은 중년 남성, 저쪽은 젊은 여성, 이런 식으로 척 보기만 해도 금방 알 수 있을 거라고 생각했지만 실제로는 내용물이 뭔지 좀처럼 알기 힘들었다. 유리문에 색이 옅게 들어가 있는 탓이었다. 지나가면서 봤을 때 알 수 있는 것은 내용물이 하얗거나 검거나 하는 정도였다. 정면에서 눈에 불을 켜고 내용물을 응시하는 게 아니라면 그다지 신경 쓸 필요는 없어 보였다. 조금 안심이 되었다.

그때 갑자기 세탁소의 출입문이 열렸다.

"안녕하세요!"

또렷한 목소리로 인사하며 나타난 사람은 축구 경기를 관전할 때 입을 법한 긴 기장의 벤치 코트를 걸친 40대로 보이는 여자 손님이었다. 이케아의 커다란 파란색 부직포 가방을 어깨에 걸치고 있었다.

"어서 오세요. 오늘도 춥네요."

"네, 엄청 추워요! 여기까지 자전거를 타고 왔더니 손에 감각이 없어요. 세탁건조기, 지금 쓸 수 있어요?"

"물론이죠. 지금 딱 한 대 남았어요."

"다행이다! 애가 갑자기 내일 아침까지 체육복을 빨아놓으라고 하잖아요, 글쎄. 그걸 왜 지금에서야 얘기하냐고 한바탕 난리도 아니었어요."

"걱정하지 마세요. 지금 세탁하셔도 금방 됩니다."

두 사람은 즐겁게 대화를 나누었다.

벤치 코트 차림의 여자는 비어 있던 세탁건조기에 서둘러 빨래를 던져 넣고 지퍼백에서 100엔짜리 동전을 꺼내 차례대로 투입구에 넣고 시작 버튼을 누른 다음 "그럼, 이따가 올게요" 하고 돌풍처럼 사라졌다.

"커피, 늦어져서 죄송해요."

얼마 후 마나가 다가와 종이컵을 내밀었다.

"이 시간엔 아까 그분처럼 급하게 뛰어오는 손님이 많아요."

마나가 미소 지었다. 시곗바늘은 오후 7시 전을 가리키고 있었다. 질 좋은 원두로 막 내린 커피의 고소한 향이 퍼졌다.

"여긴 24시간 영업인가요?"

"아뇨, 영업시간은 아침 6시부터 밤 10시까지예요. 정기 휴일은 수요일이고요. 혹시 시간대에 구애받지 않으시면 보통 낮에는 기종에 상관없이 비어 있으니 그때 이용하시는 것도 추천드려요. 낮에는 잠시 쉬느라 제가 자리에 없을 때도 있긴 하지만요."

마나가 앞치마 주머니에서 '요코하마 코인 세탁소 2월 1일 리뉴얼 오픈 공지'라고 적힌 전단지를 꺼냈다. 전단지에는 방금 말한 정보에 더해, '오전 11시~12시, 오후 3시~4시에는 세탁 대행 접수를 하지 않습니다'라는 문구가 적혀 있었다.

"이게 제 휴식 시간이에요."

마나가 그 부분을 손으로 가리켰다.

"그럼 이 시간 외에는 계속 여기 계시는 거예요?"

"네, 휴식 시간을 제외하고는 대체로 가게에 있어요."

"힘들지 않으세요?"

새벽 6시부터 밤 10시까지. 2시간의 휴식 시간을 제외해도 총 14시간 근무였다. 퇴사하기 전, 일하는 것 외에는 아무것도 할 수 없었던 피폐했던 날들에 대한 기억이 되살아났다.

"힘들죠. 그런데 리뉴얼하고 지난달 막 오픈한 참이라 할 일이 산더미거든요. 하루가 순식간에 지나가버려요."

그 무렵의 아카네보다 더 바쁠 게 분명한 마나는 조금도 불만이 없어 보이는 얼굴로 해맑게 웃었다.

"그래도 역시 혼자 일하려니 체력에 한계를 느껴서 가능한 한 빨리 일을 거들어줄 아르바이트생을 고용할 생각이에요."

그때 건조기에서 바람 소리가 멎더니 종료음이 울렸다.

"아, 다 됐네요. 틀림없이 바짝 말라 있을 거예요."

유리문을 열었다. 절로 입꼬리가 올라갈 만큼 따뜻하고 좋은 냄새를 머금은 바람이 흘러나왔다. 빨래를 만져보았다.

"와아……."

아카네는 저도 모르게 배스타월을 뺨에 갖다 댔다. 마나가 말한 대로 바짝 말라 있어서 햇볕에 말린 듯한 냄새와 온기가 느껴졌다. 마치 털이 복슬복슬한 동물을 끌어안은 것처럼 마음이 누그러지고 부드러워지는 기분이 들었다.

오늘, 없던 힘을 짜내서 세탁하러 오기를 정말 잘했다.

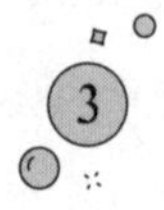

이튿날인 수요일, 아카네는 오랜만에 아침 산책을 나섰다. 정말 오랜만이었다. 대학생 때 이후로는 아침 산책을 해본 적이 없었다.

본가에서 키우는 골든리트리버 '네네'랑 함께 하는 아침 산책은 무척 즐거웠다. 시간적인 여유가 많았던 학창 시절엔 아침에 이어폰을 한쪽에만 끼고 좋아하는 음악을 들으며 인적이 드문 거리를 걸으면 오늘 하루도 보람차게 보내야지 하는 의욕이 샘솟았다.

그때처럼 긍정적인 마음으로 돌아가고 싶었다. 모처럼 깨끗한 옷을 입자 똑바로 앞을 보고 걸어갈 수 있을 것 같은 기분이 들었다. 청바지에 웃옷을 입고 그 위에 두툼한 다운 점퍼를 걸쳤다. 오랜만에 아끼는 나이키 에어 조던을 신발장에서 꺼내 신고 운동화 끈을 질끈 묶었다.

이 부근에서 가장 인기 있는 산책 코스인 야마시타 공원은 바닷바람 탓에 몹시 쌀쌀했다. 잘 손질된 형형색색의 꽃이 피어 있는 잔디와 화단 사이를 포장된 산책로가 가로지르고 있었다.

해안가에 면한 넓은 길로 나와 볕이 잘 들고 바다가 한눈에 보이는 벤치에 앉았다. 평일 아침 7시라서 관광객은 많지 않았다. 유아차를 끌고 나온 아기 엄마와 개를 산책시키는 혹은 조깅을 하러 나온 인근 주민들, 그리고 학생처럼 보이는 젊은 커플 몇 쌍이 있는 정도였다.

벤치 앞에 있는 어른 허리 정도 높이의 울타리 너머로는 바다가 펼쳐져 있었다. 구름 한 점 없는 새파란 하늘처럼 바다도 눈부시게 파란빛을 띠었다. 의외로 파도가 높아서 때때로 하얀 물거품이 산책로에까지 튀어 해변을 걷는 사람들이 환희인지 비명인지 모를 소리를 질렀다. 여러 척의 화물선이 하얀 물보라를 일으키며 큰 바다를 향해 나아갔다.

오른쪽에는 커다란 배, 일본유우센히카와마루日本郵船氷川丸호가 계류되어 있었다. 전쟁 전에 건조된 배 중 현존하는 유일한 화객선으로, 은퇴 후 여기에 보존되며 중요문화재로 지정되었다.

왼쪽에는 미나토미라이 지구에 있는 요코하마 코스모월드

관람차와 요코하마 랜드마크 타워, 반달형으로 지어진 요코하마 그랜드 인터컨티넨탈 호텔, 그리고 최근에 생긴 요코하마 해머헤드 등이 한눈에 들어왔다.

이사 오기 전에 상상했던 요코하마의 풍경이 고스란히 이곳에 있었다. 근처에 이렇게 멋진 곳을 두고도 지난 3년 동안 한 번도 오지 않았다.

회사를 그만두기 전까지는 하던 일이 신경 쓰여서 휴일에도 사무실에 얼굴을 내밀었다. 드물게 아무 일도 없는 날이면 학창 시절 친구와 점심을 먹고 밤에 또 다른 친구와 만나 술 마시러 가는 등 무언가에 홀린 듯 하루 종일 약속을 만들어 밖에서 시간을 보내곤 했다. 물론 그러고 나서는 녹초가 되어 집에 돌아오기 일쑤였지만. 그때는 그렇게 하지 않고서는 견딜 수가 없었다.

별다른 목적 없이 혼자서 집 주변을 산책한다는 것이 어쩌면 굉장히 사치스러운 일이라는 생각이 들었다.

'이제 어떻게 하지?'

아카네는 바닷바람을 맞으며 눈을 가늘게 뜨고 바다를 바라보았다. 취직할 곳을 알아봐야 했다. 내 시간을 전부 바쳐 목숨을 태울 가치가 있는 일, 보람 있고 안정적인 수입을 기대할 수 있는 일. 이번에야말로 그런 일을 찾아야만 했다. 계속 일만 해왔던 터라 한동안 백수 생활을 감당할 만한 돈은 가지고 있었다. 신청하면 실업급여도 받을 수 있었다. 하지만 그 뒤의 일을 생각하면 또 윽, 하고 위가 쓰렸다.

울타리 너머에서 파도가 부서졌다. 꺄아, 하는 소리가 들리자 근처를 걷고 있던 사람들이 허둥지둥 이쪽으로 달려왔다.

바닷가에서 뛰어노는 아이들처럼 가벼운 발걸음으로 걸어가는 사람에게 무심코 시선이 갔다. 눈이 마주쳤다.

"어제 저희 코인 세탁소에 오셨던 분이지요?"

짧은 앞머리에 삐져나온 잔머리 한 올 없이 깔끔하게 머리를 뒤로 묶은 여자……. 마나가 놀란 표정을 짓고 있었다. 오늘은 수요일이니 코인 세탁소는 아마도 정기 휴일일 것이었다. 마나는 네이비색 울코트를 걸치고 목에는 넉넉한 사이즈의 베이지색 숄을 두르고 있었다. 아담한 몸집에 겨울 나라의 아이처럼 옷을 잔뜩 껴입은 모습이 왠지 귀여웠다.

"안녕하세요."

서로 꾸벅 고개를 숙여 인사했다.

"산책하러 나오셨어요?"

마나가 미소 지으며 물었다.

"네, 왠지 그러고 싶어서요."

'어제 막 세탁해서 깨끗해진 옷을 보니 기분이 좋아서요'라고 솔직히 말할 걸 그랬다고 곧바로 후회했다.

"저도요. 화창하니 산책하기 좋은 날씨죠?"

마나가 하늘을 올려다보았다. 세찬 바람이 불어와 귓가에서 휘잉, 하고 울려댔다. 둘이 얼굴을 마주 보며 "앗, 추워!" 하고 몸을 움츠렸다.

"화창하긴 해도 바람은 엄청 많이 부네요."

아카네는 다운 점퍼의 주머니에 손을 넣었다.

"제가 아는 요코하마는 언제나 이래요. 꿀꿀한 기분을 싹 날려주는 것 같은 기운 넘치는 바람이 불지요."

마나가 바람이 불어오는 쪽으로 고개를 돌렸다. 짤막한 앞머리가 바람에 휘날리며 하얀 이마가 드러났다. 이마 한가운데에 작은 흉터가 보였다.

"이 부근은 코인 세탁소를 하기에 알맞은 조건을 갖추고 있어요. 늘 강한 바람이 불긴 해도 소금기를 가득 머금은 해풍이라 평소에는 밖에 빨래를 널지 않는 사람이 많거든요."

마나가 진지한 말투로 말했다.

"그래서 코인 세탁소를 운영하시는 건가요?"

요코하마 코인 세탁소는 지난 2월에 막 리뉴얼 오픈했다고 들었다. 이 사람은 그런 입지 조건을 꿰뚫어볼 만큼 사업 수완이 뛰어난 타입인 걸까.

"아뇨. 전 그저 우연한 계기로 코인 세탁소를 시작했어요."

마나는 수줍은 듯 그렇게 대답한 후, "혹시 출출하지 않으세요?"라고 갑자기 친근하게 물었다.

"네, 배고파요. 산책 나온 김에, 이 근처 적당한 곳에서 브런치나 먹을까 생각하던 중이었어요."

"맛있는 아침밥을 먹을 수 있는 숨은 맛집이 있는데, 제가 아주 좋아하는 곳이에요. 같이 안 가실래요?"

마나가 등 뒤를 가리키며 말했다.

"네! 좋아요!"

아카네는 고개를 힘차게 끄덕였다. 기대감에 마음이 조금 부풀었다. 괭이갈매기 울음소리가 멀리서 들려왔다.

아침밥을 누군가와 함께 먹는 건 오랜만이었다. 왠지 색다른 일을 벌이는 느낌이라 마음이 들떴다. 운치 있는 석조 건물인 뉴그랜드 호텔을 지나 볕뉘가 좋은 가로수 길을 걸었다.

"이쪽이에요."

마나의 안내를 따라 5분 정도 걸어가는 동안 '응?' 하고 의아한 생각이 들었다. 바닷바람이 솔솔 부는 초록빛 오솔길에서 차츰 상가 건물과 네온 간판, 주차빌딩이 있는 번잡한 곳으로 거리 풍경이 바뀌었다. 빨강과 파랑을 기조로 한 선명한 배색에 금붙이 장식으로 꾸며진, 요코하마 차이나타운의 동문에 해당하는 조양문朝陽門 아래를 지나갔다.

"차이나타운에 가는 거예요?"

차이나타운에는 아침부터 볶음 요리 특유의 기름진 냄새와 니쿠만 냄새가 떠다녔다. 머리 위로 까마귀가 날아다니고 그 아래로는 등이 굽은 할머니가 잔뜩 인상을 쓴 채 길거리의 쓰레기를 치우고 있었다.

'아침부터 중화요리를 먹게 될 줄이야.'

산책을 좀 했으니 못 먹을 정도는 아니었다. 그래도 살짝 망설여졌다. 분위기 좋고 맛있는 커피가 나오는, 아는 사람만 아는 카페 같은 곳에 가리라 생각했다.

"바로 여기예요. 틀림없이 마음에 드실 거예요."

마나는 1층에 기념품 가게가 자리 잡은 오래된 상가 건물 앞에서 걸음을 멈추더니 어두컴컴하고 가파른 계단을 올라갔다.

"여기라고요……?"

건물은 지어진 지 최소 50년은 된 듯했다. 콘크리트 벽은 금이 갔고 얼룩져 있었다. 주위를 두리번거리며 조심조심 마나의 뒤를 따라갔다. 2층에 올라가 빨간 바탕에 복福이란 한자가 프린트된 천 장식을 거꾸로 붙여놓은 유리문을 열었다.

"안녕하세요. 오늘은 두 명이에요."

마나는 주방에 있는 점원에게 인사하고는 익숙한 듯 창가 테이블석에 앉았다. 요코하마 코인 세탁소와 비슷한 넓이의 아담한 내부에는 손님이 여러 명 있었다.

"여기 조식은 죽인데요, 심지어 하루에 딱 한 메뉴만 팔아요. 매일 종류가 바뀌는데 못 먹는 재료가 들어갈 땐 흰죽으로 바꿀 수도 있어요. 혹시 못 먹는 거 있어요?"

마나의 물음에, "아뇨, 뭐든 잘 먹어요" 하고 고개를 가로저었다. 둘이 그러거나 말거나, 젊은 여자 점원이 금세 커다란 대접이 담긴 쟁반을 들고 와서는 싹싹하게 웃으며 "죽 나와서요~" 하고 서툰 일본어로 말했다.

하얀 그릇에 하얀 차이나 스푼. 죽에서 김이 모락모락 피어올랐다. 하얀 죽을 배경으로 잘게 썬 파의 초록색과 구기자 열매의 빨간색이 이루는 대비가 선명했다. 길고 가느다란 빵 요우티아오油条•가 곁들여져 있었다.

"중국식 죽이군요……."

얼핏 보기에도 영양이 가득한 죽 냄새를 맡자 아카네의 배 속에서 꼬르륵 소리가 났다.

"오늘은 닭죽이네요. 닭고기를 푹 삶아서 부드럽고 맛있겠어요."

마나는 가슴 앞으로 합장하듯 살짝 양손을 모으고는 "잘 먹겠습니다" 하고 중얼거렸다.

아카네도 "잘 먹겠습니다"라고 말한 다음 차이나 스푼으로 죽을 뜨자 죽과 함께 닭고기가 잔뜩 딸려 올라왔다.

한 입 먹어보았다. 죽은 몹시 뜨거웠고 닭 뼈로 우려내어

• 중국에서 조식으로 즐겨 먹는 꽈배기 모양의 빵.

맛이 진했다. 한 숟가락, 또 한 숟가락 뜰 때마다 후우, 후우, 입김으로 식혀가며 먹었다. 입안은 물론, 목과 배 속까지 뜨끈하게 데워졌다. 좀처럼 숟가락질을 멈출 수가 없었다. 어느 사이엔가 온몸이 따뜻해져서 이마에 살짝 땀이 배어 나왔다.

"엄청 맛있었어요!"

남긴 것 없이 깨끗하게 그릇을 비웠다. 맛있는 아침밥을 느긋하게 먹어본 적이 언제였는지. 지난 3년간 편의점에서 삼각김밥이나 빵을 사서 커피와 함께 허겁지겁 입에 털어 넣는 생활만 반복했었다.

"그렇죠? 맛있게 드셨다니 저도 기쁘네요."

얇은 사기 찻잔에 담긴 재스민차를 입으로 가져가면서 마나가 정말 흐뭇해하는 기색으로 말했다.

"차이나타운에서 이렇게 담백한 죽을 차분히 먹을 수 있을 거라곤 생각도 못 했어요. 저에게 차이나타운은 요란하고 어수선하고 축제 노점처럼 복닥복닥한 이미지였거든요."

새삼 음식점 내부를 둘러보았다. 출근 전에 들른 것으로 보이는 슈트 차림의 회사원과 노인, 큼지막한 배낭을 발치에 놓아둔 여행객 커플 등 모두가 차이나 스푼을 후후 불어가며 맛있는 아침 식사를 조용히 만끽하고 있었다. 관광객이 우르르 몰려들기만 해서 자신과는 인연이 없는 곳, 오히려 시끄러워서 탐탁지 않게 여겼던 차이나타운이 갑자기 친근하게 느껴졌다.

"아침밥이 맛있으면 그것 하나만으로도 하루를 기분 좋게 시작할 수 있더라고요."

마나가 미소 지었다.

"네, 맞아요. 저는 오늘처럼 느긋하게 따뜻한 아침밥을 먹어본 게 정말 오랜만이에요."

사무실 창문처럼 단조롭게 생긴 여닫이창을 통해 햇빛이 들이비쳤다. 천장에 달아놓은 여러 개의 빨간 장식과 금색 잠금장치가 반짝거렸다. 시계를 보니 아직 8시 반. 하루는 이제부터 시작이었다. 시간이 아직 많이 남았다고 생각하니 마음이 든든했다.

"그럼 저는 먼저 가볼 테니 천천히 있다 가세요. 좋은 하루 보내세요."

마나가 숄을 목에 두르며 자리에서 일어났다.

"네. 아, 근데 저기……."

순간 말을 버벅거렸다.

"저는 나카지마 아카네라고 해요."

"아카네 씨군요. 예쁜 이름이네요. 앞으로 잘 부탁드릴게요."

마나가 전보다 더 친밀한 눈빛을 보내왔다. 그제야 이 사람이 아카네가 요코하마 코인 세탁소의 손님이라는 점을 배려해 지금까지 일부러 이름을 묻지 않았다는 사실을 깨달았다.

'예쁜 이름이네요.'

그런 말을 들은 적은 처음이었다. 마나의 말이 가슴속에 스며들었다. 그렇다면…… 더 예뻐지고 싶었다. 미용에 신경 쓰거나 메이크업 기술이 좋아지거나 멋을 부리거나 하는 그런 거 말고. 얼룩진 마음을 깨끗하게 만들고 싶었다. 세탁하듯 통째로 박박 빨고 싶었다.

"저기, 혹시 괜찮으시면 제가……."

문득 정신이 들었을 때는 무언가에 홀린 듯 입에서 말이 흘러나오고 있었다.

아파트로 돌아오자 침대 바로 옆에 오늘 아침 벗어 던진 트레이닝복이 널브러져 있었다.

"아, 진짜. 왜 여기다가 이렇게……."

돌아오는 길에 모토마치의 슈퍼마켓에서 산 약간 비싼 채소주스와 파스타를 주방에 놔둔 뒤 아침에 자신이 했던 칠칠치 못한 행동을 떠올리곤 눈썹을 찌푸리며 트레이닝복을 갰다. 내친김에 어제 코인 세탁소에서 건조한 후 보스턴백 안에 그대로 두었던 옷들도 꺼내 차곡차곡 갰다.

옷을 깔끔하게 개는 일은 생각보다 훨씬 어려웠다. 유치원에서 배운 대로 양 소매를 한 쪽씩 앞판 중심을 향해 접은 다음, 아랫단을 잡고 위쪽을 향해 반으로 접은 후 그것을 다시 세로로 반으로 접는 방법을 따라 하면 그럭저럭 깔끔하게 갤 수 있었다. 그렇지만 크기가 저마다 다른 옷을 일괄적으로 이렇게 갠다 한들 전혀 깔끔해 보이지 않았다. 그래도 오늘은 여기까지 하자고 마음먹은 후 다 갠 옷을 저마다 크기가 달라 비죽비죽 튀어나온 모양 그대로 옷장 안의 박스에 밀어 넣었다.

"자, 다음엔……."

이번에는 집 안을 둘러본 후 쓰레기봉투를 손에 들고 팔을 걷어붙였다. 화장품 샘플과 호텔 어메니티, 포인트 카드를 비롯해 예쁘긴 해도 딱히 쓸모없는 종이백, 늘어난 스타킹, 앞코가 벗겨진 싸구려 펌프스 등 앞으로 생활하는 데 필요 없는 물건들을 차례대로 쓰레기봉투에 집어넣었다. 다 버리자. 집을 깨끗하게 정리해서 홀가분해지자. 정리되어가는 집처럼 차츰 맑아지는 머릿속으로 요코하마 코인 세탁소의 풍경이 떠올랐다.

"혹시 괜찮으시면 제가 요코하마 코인 세탁소에서 아르바이트로 일해도 될까요?"

아카네의 조심스러운 물음에 마나는 티 없이 환하게 웃으며 답했다.

"저야 좋죠. 꼭 부탁드릴게요."

마나의 부드러우면서도 야무진 목소리가 귓속을 울렸다.

햇빛이 쏟아지는 가게. 그 안에 떠다니는 은은한 세제 냄새. 건조기가 내뿜는 열기. 드럼 세탁기 안에서 샤워기처럼 쏟아지는 물과 거품. 보송보송하게 건조된 빨래의 포근한 감촉. 절로 마음이 풀어지는 향기롭고 맛있는 커피. 세탁기 안에서 빙빙 돌아가는 수많은 빨래.

'뭘 도와드릴까요?'

그렇게 말하며 자신을 똑바로 바라보는 마나의 눈동자.

어쩌면 아르바이트 같은 걸 하고 있을 때가 아닌지도 몰랐다. 조금이라도 젊을 때 서둘러 재취업하거나 자격증을 준비해서 멈춰 선 기간 없이 전력을 다해 앞으로 나아가야 하는지도 몰랐다. 하지만 지금은 꼭 그곳에서 일하고 싶었다. 집을 깔끔하게 청소하고 맛있는 밥을 챙겨 먹고 깨끗이 빨래하며 지내고 싶었다. 욕실 쪽으로 고개를 돌려 지난 3년간 불평 하나 없이 자신의 빨래를 열심히 세탁해주었던 세탁건조기를 떠올렸다.

"이제 슬슬 서비스센터에 전화해야지. 아, 그 전에……."

'세탁건조기를 깨끗이 청소하자. 먼지 필터의 내용물을 꺼내 버린 후 유리문을 뽀득뽀득 닦고 구석구석 박혀 있는 먼지는 다 쓴 칫솔로 말끔히 제거하자.'

"지금까지 내버려둬서 미안해."

작게 중얼거리자 가슴속에 쌓여 있던 무언가가 싹 씻겨 내려가는 느낌이 들었다.

제2장

돈키호테 청년

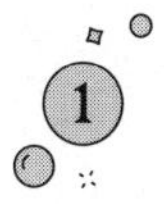

“오른손에는 젖은 걸레, 왼손에는 마른걸레를 들고 원을 그리듯 닦아주세요. 가장자리는 먼지가 쌓이기 쉬우니까 꼼꼼히 부탁드릴게요.”

마나는 고용주이면서도 여전히 정중한 말투를 썼다. 그러나 며칠 전 함께 아침밥을 먹을 때처럼 친밀한 태도는 보이지 않았다. 당연한 일이겠지만 공과 사를 구별하는 마나의 모습에 아카네는 무척 마음이 놓였다.

마나가 젖은 걸레로 세탁기의 유리문 안쪽을 닦았다. 빙글빙글 원을 그리는 모양새였다. 꼭 누군가의 머리를 참 잘했어, 하고 쓰다듬는 것처럼 보였다. 그러고는 똑같이 마른걸레로 한 번 더 닦았다.

“드럼통 안은 청소 안 해도 되나요?”

가장 더러워지기 쉬운 곳이라는 생각에 궁금해하며 물었다.

"드럼통은 이용 중에 계속 씻기고 있는 거나 마찬가지라서 쌓인 먼지만 제거해도 충분해요."

마나의 말뜻을 헤아린 아카네는 "하긴" 하고 고개를 끄덕였다. 늘 거품이 나는 세제로 씻기는 드럼통 안은 막 세탁이 끝난 빨래와 마찬가지로 깨끗하고 청결했다.

"그것도 그렇네요."

드럼통 안을 들여다보자 새 제품처럼 반짝반짝 광이 났다.

"그런 다음, 먼지 필터의 내용물을 버리면 세탁기 청소는 끝이에요. 건조기는 드럼통 안에 먼지가 잘 쌓이니까 걸레로 닦아주세요. 건조기 뒤쪽은 관리업체분이 정기 점검을 하러 오실 때 씻어주시니까 괜찮아요."

마나가 세탁기 바닥에서 끄집어낸 먼지 필터를 뒤집자, 솜처럼 하얗게 뭉친 먼짓덩어리가 쑥 빠져나왔다.

"자, 그러면 해보시겠어요?"

마나의 재촉에 이끌려 양손에 걸레를 들었다. 유리문 안쪽을 젖은 걸레로 원을 그리듯 닦은 후 마른걸레로 한 번 더 닦았다.

"맞아요, 그렇게. 잘했어요!"

마나가 양손을 모아 손뼉 치며 생긋 웃었다. 간단한 일을 했을 뿐인데 이렇게 웃는 얼굴로 칭찬을 받아본 적은 유치원 때 이후로 처음이었다. 우쭐대는 아이처럼 더 잘할 수 있어, 더 열심히 해야지, 하고 마음속으로 중얼거렸다.

"그럼, 청소는 그렇게 좀 부탁드릴게요."

"네!"

아카네는 자신도 모르게 입꼬리를 올린 채 가게 안을 둘러보았다. 그러다 문득 한 곳에 시선이 멈추었다.

"저 세탁건조기는 어떻게 할까요?"

사용 중 램프가 꺼져 있는 세탁건조기의 유리문 손잡이에 잔뜩 구겨진 노란색 비닐봉지가 묶여 있었다. 요코하마 코인 세탁소에 처음 온 날 보았던 비닐봉지와 같은 것이었다. 돈키호테의 노란색 비닐봉지. 같은 사람이 틀림없었다.

"저긴 그대로 놔두세요. 화요일에 못 오신 모양이에요."

자기 얘기라는 걸 아는 듯 비닐봉지가 풀썩, 소리를 내며 떨어졌다.

"안에 있는 빨래는 안 꺼내도 괜찮을까요? 저대로 두면 주인이 올 때까지 저 세탁건조기는 못 쓰잖아요."

비닐봉지를 주워 유리문 손잡이에 다시 매달아두었다. 여기저기 구멍이 나 있었다.

"좀 더 기다려보죠. 하지만 오늘도 안 오시면 그땐 정말 안에 있는 빨래를 꺼내야 할지도 모르겠네요."

태평하게 대답하는 마나를 보자 이렇게 널널하게 장사를

해도 되는 걸까, 하고 조금 걱정되었다.

'정말이지 매너 없네, 노란 봉지 주인. 대체 어떤 사람이람.'

그렇게 마음속으로 중얼거릴 뿐이었다.

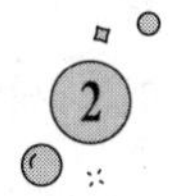

아카네가 요코하마 코인 세탁소에서 일한 지 어느새 6개월이 흘렀다. 아르바이트 시급은 1510엔이었다. 주 5일 동안 아침 9시부터 저녁 5시까지 일하고 점심시간은 1시간, 휴일은 수요일과 일요일이었다.

아직까지는 가게 안을 청소하고 코인 세탁소를 이용하는 손님들에게 기계 사용법을 가르쳐주는 정도였다. 좀 더 익숙해지면 마나의 세탁 대행 일도 거들게 될 것 같았다. 세탁기 사용법을 알려주는 일 자체는 빨래를 넣고 돈을 넣는 게 전부여서 아주 간단했다.

하지만 가게에는 작은 글씨의 기능 조작판 외에 어떤 안내문도 붙어 있지 않았다. 코인 세탁소를 처음 이용하는 사람들이나 작은 글씨가 보이지 않는 노인들은 사용법을 몰라 포기하고 돌아가는 일도 있었다. 그래서 손님이 오면 친절하게 "뭘 도와드릴까요?"라고 말을 걸도록 교육받았다.

"아, 참. 아카네 씨 집에 있는 세탁건조기 아직 못 고쳤죠? 스태프 공간에 있는 세탁기, 비어 있을 때는 써도 돼요. 혹시 제가 아카네 씨 빨래에 손대도 괜찮다면 손님이 뜸할 때 건조까지 해둘게요."

카운터 안쪽으로 이어진 스태프 공간에는 가게에 있는 것과 거의 비슷하면서도 동전 투입구가 없는 세탁기와 건조기가 각각 두 대씩 놓여 있었다. 마나는 스태프 공간에 있는 기계를 이용해 세탁 대행 서비스를 운영했다.

"정말요? 그렇게 해주시면 저야 감사하죠."

집에 있는 세탁건조기를 고치기 위해 서비스센터에 전화했더니 공교롭게도 바쁜 시기라 좀 기다려야 한다는 답변을 받았다. 그래서 여전히 고장 난 상태로 빨래를 못 하고 있었는데 출근해서 세탁기를 사용해도 좋다고 하니 아카네로선 무척 고마운 일이었다.

"도움이 된 것 같아 저도 기뻐요. 식당 아르바이트로 치면 식대 제공인 셈이네요."

마나가 생긋 웃었다.

"저기! 잠깐만."

그날 마나가 휴식 시간이라 자리를 비운 사이 혼자 가게 안을 청소하고 있는데 낯익은 남자가 다가왔다.

폭이 좁은 트레이닝 팬츠에 얇고 새하얀 다운 점퍼를 걸치고 노란 형광색 로고가 들어간 나이키 에어맥스를 신고 있었다. 도심 공원에서 조깅하고 돌아가는 연예인이라도 되는 양 화려한 차림이었다. 아카네가 처음 요코하마 코인 세탁소에 왔을 때 카운터 테이블에서 맥북을 펼치고 앉아 있던 남자였다.

"좋은 아침입니다. 뭘 도와드릴까요?"

막 오전 11시가 지난 시각이었다.

'좋은 아침입니다'라고 인사하기에는 늦은 시간인가? 아니면 그냥 '안녕하세요'라고 인사할 걸 그랬나? 머릿속에 복잡한 생각이 스쳐 얼른 고개를 숙였다.

"헐, 왜 이렇게 커."

남자의 실소에 아카네가 흠칫했다. 오랜만에 듣는 말이었다.

"180센티미터 정도 되는 나랑 거의 비슷한데? 혹시 뭐, 운동해?"

남자는 자신과 아카네를 번갈아 가리키며 질문을 던졌다.

"아니요, 운동 같은 건 안 해요. 죄송합니다."

무심코 사과해버렸다.

"에이, 아깝네. 아가씨 이번에 새로 들어온 알바지? 나카지마 씨, 맞지?”

남자의 시선이 아카네가 착용한 작은 명찰로 향했다.

‘그렇게 키가 큰데 아깝다.’

지금까지 수없이 들어온 말이었다. 잘못 살고 있다는 뉘앙스로 들려서 좋아하지 않는 말이기도 했다.

“이름은 뭐야?”

“아, 죄송합니다. 소개가 늦었네요. 나카지마 아카네라고 합니다.”

부동산 회사에서 익힌 습관 탓에 반사적으로 대답해버렸다. 냉정하게 말하면 아르바이트생이 손님에게 이름까지 밝힐 필요는 없는데도 말이다.

“아카네 씨, 앞으로 잘 부탁해. 난 오쓰카. 여기 단골이지.”

묻지 않아도 엄지손가락으로 자기 가슴을 가리키며 오쓰카라고 소개하는 이 남자는, 처음 만난 여자에게도 바로 말을 놓고 이름을 부르는 사람이었다.

“네, 저도 잘 부탁드릴게요. 그럼.”

스스로 단골이라고 말할 정도니 굳이 “뭘 도와드릴까요?”라고 물을 필요는 없겠지. 살짝 끓어오르는 짜증을 억누르며 발길을 돌리려는데 남자가 어이없다는 듯이 웃음을 흘리며 불러세웠다.

“아니, 내 말 아직 안 끝났어. 이 세탁 대행이라는 서비스,

어떻게 이용하는 건지 설명 좀 들을 수 있을까? 예전부터 궁금했는데 좀처럼 타이밍이 안 맞아서 마나 씨한테 못 물어봤거든."

마나 씨, 라는 친밀한 호칭을 쓰는 걸 보니 확실히 단골손님이 맞구나 싶다가도, 여태 세탁 대행 이용법도 모르는 걸 보면 진짜 단골이 맞는지 의심스러웠다. 요코하마 코인 세탁소에 계속 드나들었다면 마나 씨와 얘기할 기회는 얼마든지 있었을 텐데 말이다. 그러나 일단 직원으로서 질문을 받은 이상 성의 있게 대답해야 했다.

"세탁 대행은요, 전용 가방에 빨래를 넣어 오시면 저희가 깔끔하게 세탁하고 건조한 후 개서 드리는 서비스예요."

조금 빠른 말투로 설명했다.

"그러면 이건 개주는 요금이 추가된 거네."

오쓰카가 패널에 적힌 요금표를 손가락으로 가리켰다.

"그거 말고도 메리트가 있어요. 세탁이 끝날 때까지 기다릴 필요가 없으니 아침 출근길에 맡기고 퇴근길에 찾아가면 시간도 절약되죠."

요코하마 코인 세탁소에서 세탁 대행 서비스를 자주 이용하는 손님은 집에서 노인을 간병하는 사람이나 아이를 키우는 젊은 부부가 대부분이었다.

"흐음~ 그렇구나. 그럼 속옷은? 다들 속옷도 그대로 가져와?"

"네?"

순간 말문이 막혔다.

"죄송합니다. 그건 점장님한테 물어보고 말씀드릴게요."

아카네는 속옷은 집에서 손빨래했다. 마나가 "제가 아카네 씨 빨래에 손대도 괜찮다면……" 하고 말했을 때 당연히 그렇게 해야겠다고 생각했다. 하지만 코인 세탁소에 맡긴 빨래를 찾으러 갈 시간도 갤 시간도 없는 사람들이 과연 매일 집에서 속옷을 손빨래하는 일이 가능할까.

"아, 아니. 괜찮아. 안 물어봐도 돼. 괜히 그런 거 물어봤다가 이상한 놈이라고 생각하면 어떡해?"

"그런가요? 그래도 중요한 부분이니 확인해볼게요."

"아니야, 됐어. 정말 괜찮아."

오쓰카의 뺨이 살짝 붉어졌다.

"사실 궁금한 건 따로 있어."

오쓰카가 갑자기 목소리를 낮추었다.

"마나 씨, 혹시 유부녀야?"

"네?"

아카네는 뜻밖의 질문에 놀라 눈이 휘둥그레졌다. 마나라는 이름과 유부녀 같은 단어는 조금도 연결되지 않았다.

"반지 안 끼고 있던데? 마나 씨 같은 타입은 결혼했으면 분명 결혼반지 끼고 다닐 것 같거든."

오쓰카가 왼손 약지에 반지를 끼우는 시늉을 해 보였다.

'뭐라는 거야, 진짜.'

오쓰카의 왼손은 약지에 난 반지 자국을 제외하고 전체적으로 볕에 그을려 있었다. 오랫동안 결혼반지를 끼고 있었다는 증거였다.

"……그런 건 개인 정보라서 알려드릴 수 없는데요."

애써 미소를 지어 보이며 말했다.

"어이쿠, 아카네 씨. 무서운 얼굴 하지 마. 나, 그렇게 이상한 사람 아니야. 마나 씨한테 괜히 쓸데없는 얘기 하고 그러면 안 돼. 알겠지?"

오쓰카는 자기가 한 말을 웃으며 얼버무리더니 세탁기는 이용하지 않고 그냥 돌아갔다.

"속옷이요? 보통 코인 세탁소에서 빨 수 있는 정도라면 세탁 가방에 넣어 와도 상관없어요. 간병이나 육아로 심하게 오염된 빨래는 혹시 모를 감염을 예방하는 차원에서 받지 않고 있지만요. 아카네 씨도 속옷 빨래가 필요하면 언제든 편하게 가져오세요."

"아, 아뇨. 전 괜찮아요. 제 얘기가 아니라 손님이 물어보면 뭐라고 대답해야 하나 싶어 물어본 거예요."

휴식 시간을 마치고 돌아온 마나에게 바로 물어보았다. 하지만 괜스레 얼굴에 열이 올라서 제대로 말하지 못했다. 오쓰카에 관한 얘기도 마찬가지였다.

"그랬군요. 하긴, 사실 지금까지 속옷을 가져온 손님은 남자분이나 연세가 꽤 지긋한 노인분들 정도예요. 역시 대부분의 손님은 남에게 속옷 빨래를 맡기는 걸 꺼리시더라고요."

마나가 어깨를 으쓱이며 말했다.

"저는 다른 손님에게 폐를 끼치지만 않는다면 뭐든지 가져와도 상관없다고 생각하는 쪽이지만요."

마나는 그렇게 말한 뒤 데님 소재의 앞치마 끈을 묶으며 스태프 공간으로 돌아갔다.

그러고 보면 모두가 여기서 더러워진 것을 빨고 있었다. 아카네는 바닥 청소용 대걸레를 잡고 가게 안을 둘러보았다. 세탁기와 건조기 몇 대가 듬직한 소리를 내며 돌아가고 있었다. 코인 세탁소의 세탁기에 천 기저귀나 반려동물 털이 붙은 빨래를 돌리면 매너에 어긋난다는 사실은 이미 알고 있었다.

하지만 다들 속옷이나 양말은 아무렇지 않게 세탁했다. 결벽증이 있는 사람은 틀림없이 못 견딜 것이었다. 그래도 대량의 물과 은은하게 좋은 냄새를 풍기는 세제, 가스식 특유의 힘 좋은 건조기로 완성된 빨래는 아주 깨끗했다.

자동문이 열리는 소리에 고개를 들었다.

"안녕하세요~ 어, 다 찼네요."

에코백에 빨래를 가득 담아 온 초로의 여자가 세탁건조기를 들여다보고는 아쉽다는 표정을 지었다.

세탁건조기는 네 대 다 사용 중이었다. 그러나 사용 중 램프가 켜져 있는 기계는 세 대뿐이었다. 나머지 한 대에는 이번에도 역시 돈키호테의 비닐봉지가 묶여 있었다.

"이거, 치워주면 안 돼요?"

지극히 당연한 요구였다. 예전에 손님으로 왔을 때 아카네도 같은 생각을 했다.

"죄송합니다. 해당 손님의 허락 없이는 저희가 마음대로 손댈 수가 없어서요."

다른 코인 세탁소에서는 '○시간 이상 방치된 세탁물은 임의로 치우겠습니다'라고 단호한 뉘앙스로 안내 문구를 적어 벽에 붙여놓기도 하는 모양이었다.

그러나 이곳에는 그런 경고성 안내 문구가 한 장도 붙어 있지 않았다. 즉, 마음대로 세탁물을 치웠다가는 프라이버시 침해나 분실 등의 문제가 야기될 수 있었다. 어쩌면 마나는 매너가 안 좋은 손님에게 앞으로는 세탁 대행 서비스를 이용하도록 유도하려는 생각인지도 몰랐다.

"그래요? 그럼 어쩔 수 없네요. 다음에 올게요."

초로의 여자가 어깨를 축 늘어뜨렸다. 기분 탓인지 여자가 어깨에 멘 에코백이 조금 전보다 더 무거워 보였다.

“괜찮으시다면 세탁 대행 서비스를 이용하시는 방법도 있는데 어떠세요?”

“세탁 대행 서비스요……? 음~ 그건 다음에 이용할게요.”

그렇게 말한 후 가게를 나가는 여자에게 아카네는 머리를 깊숙이 숙여 배웅했다. 그리고 뒤돌아서서 멈춰 있는 세탁건조기를 노려보았다. 마음 같아서는 유리문을 열고 몇 시간째 방치된 빨래를 끄집어내서 휙 던져버리고 싶었다. 어떻게 저럴 수 있을까. 다른 사람한테 민폐를 끼치고 있다는 생각은 안 하는 걸까.

그날 저녁, 요코하마 코인 세탁소에 청년 한 명이 찾아왔다. 처음 보는 얼굴이었다. 윤기가 흐르는 피부와 달리 갈색으로 염색된 머리카락은 상해 있었다. 키는 컸지만 어딘가 여물지 않은 골격에서 10대 후반이라는 것을 한눈에 알 수 있었다. 찢어진 블랙진에 어느 해외 밴드의 전국 투어 일정 같은 문구가 등에 프린트된 검은 맨투맨티셔츠 그리고 지저분한 부츠까지.

“안녕하세요.”

청년은 인사를 건넨 아카네에게는 눈길도 안 주고 부루퉁한 얼굴로 가게 안쪽을 향해 걸어갔다.

‘어? 저 사람인가?’

청년이 거친 손길로 유리문에 걸어둔 돈키호테의 비닐봉지를 펼쳤다. 지독한 두통을 앓는 사람처럼 잔뜩 인상을 찌푸린 채 누가 봐도 귀찮아하는 손길로 빨래를 비닐봉지 안에 꾹꾹 욱여넣고 있었다. 유리문을 때려 부술 것처럼 세게 닫는 바람에 큰 소리가 났다. 아카네는 자기도 모르게 흠칫했다.

청년의 키는 아카네보다 아주 조금 작았지만 나이는 확실히 어려 보였다. 이럴 때는 큰 키 덕에 얕보일 일은 없겠지, 라는 투지 비슷한 무언가가 가슴속에 끓어올랐다.

"안녕하세요. 혹시 빨래 주인 되시나요?"

목소리를 약간 낮게 깔고 말을 걸었다. 청년은 흠칫 자리에 멈춰 섰다. 겁을 먹은 듯 어깨가 움츠러들었다.

"그런데요?"

하지만 허세를 부리듯 날 선 목소리로 되물었다.

"이렇게 계속 내버려두시면 다른 손님이 이용하실 수 없으니 다음부터는 세탁이 끝나는 시간에 맞춰 찾으러 오시면 좋겠어요. 투입구에 동전을 넣으면 여기에 끝나는 시간이 표시되는 거 아시죠?"

기능 조작판을 손가락으로 가리켜 보였다.

"다른 사람들도 다 그러는데 왜 나한테만 뭐라고 해요?"

청년은 이미 세탁이 종료된 다른 세탁기를 가리키며, "여기도 있고 저기도 있네" 하고 맞받아쳤다.

순간, 반박할 말이 떠오르지 않았다. 다른 손님들은 액정에 표시된 종료 시각에 맞춰 세탁물을 수거하러 왔다. 방치한다고 해도 최대 1시간 정도였다.

“아무리 그래도 매번 이렇게까지 오래 방치하는 사람은 손님밖에 없거든요?”

당황한 탓인지 자신도 놀랄 만큼 가시 돋친 말이 흘러나왔다.

“정해진 규칙이 있으면 누구나 볼 수 있게 벽에 붙여놓으면 되잖아요. 그쪽 사정이 어떤지 제가 어떻게 알아요?”

청년이 성가시다는 얼굴로 말하고는 보란 듯이 한숨을 크게 내쉬었다. 그 건방진 태도에, ‘아직 솜털도 안 빠진 주제에 어디서!’ 하고 피가 거꾸로 솟았다.

“알겠습니다. 확실히 틀린 말은 아니네요. 다음부턴 벽에 딱 붙여놓겠습니다!”

‘두고 봐. 아주 커다란 종이를 구해 와서 당장 붙여놓고 말 테다!’

“그럼, 이제 가도 되죠?”

청년이 마주 보고 선 아카네를 밀치며 밖으로 걸어 나갔다. 혀를 차듯 한마디 내뱉으면서.

“아, 재수 없어.”

아카네더러 들으라는 듯 일부러 크게 내뱉고 갔다.

그때부터 쭉 기분이 저조했다.

가게 안을 청소하고 있는데 요코하마 코인 세탁소 앞에 택배 차량이 와서 섰다. 트럭의 뒷문이 열리는 묵직한 소리에 아카네가 허둥지둥 밖으로 나갔다. 귀가하는 사람들이 해 질 무렵의 언덕길을 빠른 걸음으로 오갔다.

"꽤 무거울 텐데요? 괜찮겠어요? 제가 안에까지 들여놓겠습니다."

"아뇨, 괜찮아요! 이 정도는 끄떡없어요!"

아카네가 씩씩하게 팔을 뻗어 보였다. 그리고 커다란 스포츠백처럼 생긴 전용 세탁 가방 세 개를 받아 들었다. 생각보다 제법 무거웠다. 그래도 택배 기사의 상냥한 배려에 마음이 따뜻해졌다.

세탁 대행 서비스는 가나가와현에 한해서 배송료 별도로 온라인 접수도 하고 있었다. 부들부들하고 뽀송뽀송한 세탁물을 하나하나 정성스레 개진 상태로 받을 수 있어 인기 있는 모양이었다. 주로 노인을 간병할 때 쓰는 듯한 빨래가 많고 발송인도 거의 여자 이름이었다. 또 보육원이나 요양원에서 침구류가 도착할 때도 있었다.

"마나 씨, 세탁 가방이 왔어요."

스태프 공간으로 세탁 가방을 옮겼다.

"고마워요. 작업대 구석에 갖다놔주세요."

마나가 빨래를 개면서 고개를 들었다. 마나가 늘 틀어박혀 있는 스태프 공간에는 가게 중앙에 놓인 것과 같은 커다란 작업대가 있었다. 작업대 위에는 형태와 크기에 맞춰 한 치의 오차도 없이 반듯하게 개진 빨래가 쌓여 있었다.

"수고했어요. 고마워요."

작업에 방해되지 않도록 세탁 가방을 작업대 구석에 놓자, 마나가 손을 멈추지 않은 채 살짝 고개 숙여 인사했다. 마나는 유카타•처럼 생긴 환자복을 개는 중이었다. 어떻게 개면 저렇게 깔끔한 모양이 되는지 아카네는 짐작도 가지 않았다.

"빨래를 깔끔하게 개는 비결 같은 게 따로 있나요?"

• 여름에 입는 일본의 전통 의상.

계속 움직이는 손으로 시선을 주면서 물었다. 마나가 조금 생각하는 듯 시선을 위로 올리더니 "주름을 펴는 일이라고 생각해요"라고 신중한 말투로 천천히 대답했다.

"건조기에서 막 꺼낸 빨래는 아무래도 주름이 생기기 마련이거든요. 주름을 이렇게 손으로 쫙쫙 펴면서 어디를 어떻게 개면 좋을지 궁리할 시간을 벌어요."

"시간을…… 번다고요?"

진지한 얼굴로 말하는 마나가 왠지 우스워서 찜찜했던 기분이 약간 나아졌다.

"아주 잠시라도 멈춰 서서 어떤 식으로 개면 좋을지 생각하다 보면 잘되더라고요."

마나가 손바닥을 펼쳐서 유카타처럼 생긴 파자마를 스윽 손으로 쓸었다. 눈에 띄던 큰 주름이 사라졌다. 잔주름은 아직 남아 있었지만, 그다지 거슬리지 않았다. 마치 손으로 주물러 주름을 만드는 화지和紙•처럼 부드러워 보였다.

"참, 가게 일로 마나 씨한테 상담할 게 있어요."

"뭐예요? 뭔가 새로 알게 된 게 있으면 꼭 얘기해주세요."

마나의 진지한 눈빛을 마주하자 입이 떨어지지 않았다. 아카네는 한 차례 심호흡을 한 후 입을 열었다.

• 일본의 전통 종이.

"벽에다 '장시간 세탁물을 방치하는 행위는 삼가주십시오' 라는 안내 문구를 붙이면 어떨까요? 세탁기와 건조기가 차 있어 이용하지 못하는 손님이 계속 생겨서요. 손님이 안에 든 세탁물을 치워달라고 하면 뭐라고 대답해야 할지 모르겠어요."

마나는 아카네가 무슨 이야기를 하는지 알겠다는 표정을 지었다.

"돈키호테 얘기군요. 그 청년은 저도 좀 신경이 쓰이더라고요."

아카네는 자기도 모르게 푭, 하고 웃음을 터트렸다.

"그 별명……."

나름대로 용기 내서 안내 문구에 관해 얘기하고 나니 긴장으로 굳어진 몸이 조금씩 풀렸다.

"돈키호테는 요즘 우리 가게를 자주 이용해주는 손님이에요. 아카네 씨가 말한 대로 매번 세탁물을 장시간 방치하고 있긴 하지만요."

"실은 아까 돈키호테 청년이 왔길래 제가 주의를 줬거든요. 그랬더니 '정해진 규칙이 있으면 벽에 붙여놓으면 되잖아요!' 하고 되받아치는 거 있죠?"

그 일을 떠올리자 또 미간이 찌푸려졌다.

"요즘 젊은 애들 아니랄까 봐 말을 얄밉게도 하네요."

마나가 쿡 하고 웃었다.

"그래도 가게에는 되도록 경고성 안내 문구 같은 건 붙여놓고 싶지 않아요. 어렵게 꺼낸 얘기일 텐데 죄송해요."

마나는 미안한 듯 어깨를 움츠렸다.

"아, 아니에요. 마나 씨가 사과할 일은 아니죠."

아카네는 당황해서 서둘러 답했다. 뺨이 희미하게 달아올랐다.

마나가 안내 문구를 벽에 붙이고 싶어 하지 않는 이유에 관해서는 따로 묻지 않았다. 하지만 아카네가 느낌표까지 붙여서 아주 큰 글씨로 위압적인 문구를 써 붙이고 싶다고 생각한 것을 눈치챈 모양이었다. 하긴 그렇게 위압적인 안내 문구는 편안한 분위기의 요코하마 코인 세탁소와는 조금도 어울리지 않았다. 조금만 생각하면 알 수 있는 일이었다.

"돈키호테 청년은 제가 스태프 공간에 있을 때 주로 와서 대화를 나눠볼 기회가 없었어요. 다음에 그 청년이 오면 저한테 알려주시겠어요?"

"또 올지는 잘 모르겠어요. 죄송해요, 괜히 저 때문에……."

아카네는 머리를 숙였다.

"신경 쓰지 마세요. 괜찮아요. 돈키호테 청년은 꼭 다시 올 거예요. 세탁은 생활의 일부니까요."

그러고 보니 이 부근에는 코인 세탁소가 이곳밖에 없었다. 아마 집에 세탁기가 없는 돈키호테는 아무리 머쓱한 기분이 들더라도 빨래를 하기 위해 다시 이곳을 찾을 것이었다.

"친절하게 대환영을 해달라고까지는 말씀 못 드리겠지만, 그래도 오면 아무 일도 없었던 것처럼 맞아주면 좋겠어요."

아카네는 마나의 눈을 보며 그러겠다고 약속했다.

오늘은 돈키호테와 말다툼을 벌인 탓인지 오랜만에 몹시 피곤한 하루였다. 이런 기분으로 집에 돌아가기는 싫었다. 고민 끝에 퇴근하고 맛있는 걸 먹기로 했다.

스태프 공간에서 돌아갈 준비를 마친 후 핸드폰에 '혼밥 가능한 디너 요코하마'라고 검색했다. '혼밥도 대환영'이라고 적힌 중화요리점이 주르륵 뜨는 걸 보고 차이나타운의 넉넉한 포용력을 느꼈다. 그러나 오늘은 양식이 당겼다.

야마시타 공원 근처에 항구가 내다보이는 오카 공원을 따라 야토자카로 가는 길에 이탈리안 레스토랑 '리스토란테 다 카오카'가 있었다. 아카네는 그곳에 가기로 결정했다. 고급스러운 디너 코스가 아니라 2000엔 정도의 디너 세트를 갖추고 지역 주민을 상대로 장사하는 서민적인 음식점인 듯했다.

흰살생선 카르파초 샐러드와 때깔 좋은 토마토 파스타 사진을 보고 있으려니 배에서 꼬르륵 소리가 났다. 오픈 시간은 오후 5시였다. 오늘은 평일이니 지금 출발하면 혼자 가도 다른 손님들 신경 안 쓰고 식사할 수 있을 것 같았다.

"그럼 저는 먼저 가보겠습니다."

마나에게 인사한 후 아직은 옷장에 정리해 넣기 아쉬운 얇은 다운 점퍼의 지퍼를 목까지 끌어 올렸다.

"네, 아카네 씨. 오늘 수고했어요. 내일도 잘 부탁드려요."

실은 혼자서 이탈리안 요리를 먹으러 간다고, 수다를 떨고 싶다는 생각을 잠깐 했다. 아마 마나라면 같은 주제로 즐겁게 대화를 끌어나갔을 것이다.

가게를 나오자 세찬 바람이 불어와 몸을 움츠렸다. 4월 중순임에도 바깥은 몹시 추웠다. 그래도 발걸음이 조금 가벼웠다. 퇴근길에 편의점이 아니라 정성이 들어간 맛있는 밥을 먹으러 간다는 사실이 좋았다.

모처럼 생긴 여유에 산책도 할 겸 바다로 향하는 길을 택했다. 차츰 세련된 거리 풍경이 눈에 들어왔다. 돈키호테가 내뱉은 말, 그리고 퉁명스럽게 굴었던 자신의 모습이 마치 꿈이었던 것처럼 흐릿해졌다.

야마시타 공원의 녹음이 보였다. 해안가의 넓은 길에 다다랐다. 어느 유럽의 성처럼 생긴 뉴그랜드 호텔의 외관을 보자 절로 입꼬리가 올라갔다. 가나가와현민홀에서 열리는 연극 혹은 콘서트를 보러 왔는지 잔뜩 기대한 얼굴로 웃고 있는 사람들을 지나치면서는 자신도 모르게 얼굴이 풀어졌다. 나한테는 이런 시간이 필요했구나. 그 사실을 새삼 깨달았다.

마나가 세탁물 위로 허리를 구부린 채 정성스럽게 주름을 펴던 모습을 떠올렸다. 자신도 그렇게 꾸깃꾸깃해진 인생을 조금씩 펴고 싶었다. 시간이 오래 걸려도, 품이 많이 들어도 괜찮으니 손바닥을 펼쳐서 쓰다듬듯이 살살 천천히.

이탈리안 레스토랑은 일반 주택을 개조한 듯한 작은 음식점이었다. 레스토랑 앞에 놓인 입간판에 디너 세트 메뉴가 적혀 있었다. 인터넷에서 본 대로 디너치고는 가격이 비싸지 않았다. 'OPEN'이라 적힌 살짝 큼지막한 팻말에 용기를 얻어 문을 열고 들어갔다. 밖에서 상상했던 대로 내부 구조도 아늑했다. 4인용 테이블이 세 개, 2인용 테이블이 두 개였다. 아카네 말고 다른 손님은 없었다.

"어서 오세요!"

셰프인지 안쪽 주방에서 나타난 남자는 20대 초반 정도로 꽤 젊어 보였다. 체격이 작고 눈이 맑은 사람이었다.

"혼자도 되나요?"

"그럼요. 이쪽으로 오세요."

2인용 테이블로 안내받자 문득 맞은편 자리에 마나가 앉아 있는 모습이 떠올랐다.

"여기, 디너 세트 A로 주문할게요."

조금 두근거리는 마음을 안고 메뉴를 손가락으로 가리켰다. 조개관자 카르파초 샐러드, 토마토 파스타라는 글자에 가슴이 뛰었다.

셰프가 주방으로 돌아간 후 아카네는 가게 내부를 느긋하게 구경했다. 요코하마의 특색을 잘 살린 근사한 레스토랑이라는 생각이 들었다. 해안가에 늘어선 다이쇼 시대의 서양식 건물과 같이 복고풍이 가미된 인테리어에, 샹들리에가 뿜어내는 은은한 불빛, 작게 흘러나오는 칸초네까지.

내부를 감상하는 동안 애피타이저로 카르파초 샐러드가 나왔다. 나이프와 포크를 사용해 조심스럽게 맛을 보았다. 발사믹 소스로 간을 한 조개관자 본연의 맛과 신선한 양상추의 아삭거리는 식감이 입안에서 조화롭게 어우러졌다.

비어 있던 나머지 2인용 테이블로 시선을 돌렸다. 예약석이라고 적힌 팻말이 그제야 눈에 들어왔다. 이런 레스토랑에서 식사하는 사람은 어떤 사람들일까. 퇴근길에 약속을 잡은 슈트 차림의 직장인 커플일까. 아니면 근처에 사는 멋쟁이 노부부일까. 친구들끼리 오랜만에 만나 이곳을 찾는 경우도 있겠지. 그런 상상을 하는 게 즐거웠다.

"실례합니다."

곧이어 나온 토마토 파스타에 입맛을 다시고 있는데 문이 열리며 어떤 남자의 목소리가 들려왔다.

"어서 오세요. 아, 오카모토 씨. 오늘도 찾아주셔서 감사합니다."

셰프의 친밀한 목소리 그리고 아는 이름. 그래도 설마 그 사람은 아니겠지, 하고 뒤돌아보자마자 숨을 멈추고 말았다. 설마 했던 사람이었다. 애물단지 집을 떠안았던 오카모토 씨가 다시 눈앞에 나타났다.

"30분 후에 두 명 자리 있을까요? 전화로 예약할까 하다가 어차피 지나가는 길이어서……."

오카모토 씨는 눈썹을 늘어뜨리며 웃었다. 아카네는 눈이 마주치기 전에 얼른 고개를 돌려 앞을 보았다. 자리에 앉아 있을 때 와서 다행이었다. 만약 아카네가 서 있었다면 키 때문에 알아봤을지도 몰랐다. 그런 생각을 하자 심장이 세차게 뛰었다.

"네, 가능합니다."

셰프가 아카네의 바로 옆 4인용 테이블을 가리켰다. 4인용 테이블 위에 세팅되어 있던 커트러리 중 두 세트를 치웠다.

"감사합니다. 그럼, 조금 있다 다시 올게요."

오카모토 씨가 떠난 후 아카네는 맹렬한 속도로 남은 요리를 먹어치웠다. 맛있는 음식이었을 테지만 무슨 맛인지 하나도 느껴지지 않았다.

당장에라도 오카모토 씨가 들어올까 싶어 흠칫거리면서 계산하는데, 문득 아르바이트로 생활하는 처지에 2000엔이나 하는 디너를 먹은 게 꽤 사치스러운 일이었다는 사실을 깨달았다. 왠지 더 울고 싶어졌다.

결국 그날부터 밤늦게까지 잠 못 이루는 날이 이어졌다. 자꾸 떠오르는 안 좋은 기억에서 벗어나고 싶어 등을 구부린 채 핸드폰만 들여다보았다. 2배속으로 설정한 시답잖은 동영상에 몸과 마음을 맡긴 채 아무것도 생각하지 않으려고 애썼다.

아침에 일어나기가 몹시 힘들었다. 그나마 요코하마 코인 세탁소에서 일하는 동안은 어떻게든 웃는 얼굴로 있을 수 있었다. 아르바이트를 하게 돼서 정말 다행이었다.

그러나 밤이 되면 또 잠이 오지 않았다. 몸은 피곤해 죽겠는데 아무리 시간이 흘러도 마음이 편해지지 않았다. 뭘 해도 오카모토 씨에게 애물단지 집을 떠넘겼을 때가 떠올랐다. 돈키호테에게 싫은 소리 했을 때의 자신이 눈에 아른거렸다.

"좋은 아침입니다. 뭘 도와드릴까요?"

처음 들었을 때 참 좋다고 생각했던 말도 자신이 발음하자 이상하게 끝으로 갈수록 목소리가 기어들어갔다.

"아카네 씨, 휴식 시간이니 나갔다 올게요. 역 앞에서 도시락 사서 금방 돌아올 생각인데, 아카네 씨 것도 사다 드릴까요?"

"아니요, 전 됐어요. 괜찮아요."

필요 이상으로 단호하게 거절해버렸다.

"알았어요. 혹시 무슨 일 생기면 핸드폰으로 연락해주세요."

마나가 평소와 다름없는 목소리로 또박또박 말했다.

아마 얼마 전 마음에 든다고 얘기했던 500엔짜리 중화요리 도시락을 사러 가는 모양이었다. 그 중화요리점은 점심시간이 되면 가게 앞에 회의용 테이블 같은 기다란 탁자를 내놓고 도시락을 팔았다. 일회용기에 포장해서 하얀 비닐에 넣어 쌓아놓은 도시락은 저렴하기도 했지만, 위에 부담이 덜 가도록 기름을 적게 넣고 조리한 채소 위주의 반찬이라 인기가 많았다.

마나한테 이야기를 들었을 때는 꼭 사 먹어야겠다고 생각했었다. 하지만 얼마 전 근처에 갔을 때 슈트 차림의 직장인들이 길게 줄을 선 광경을 보고는 깨끗이 단념하고 편의점으로 발길을 돌렸다.

"네, 알겠습니다. 다녀오십……."

기운을 내보려 목소리를 크게 냈더니 부동산 회사에서 영업 사원들을 배웅할 때 운동부 학생처럼 쓸데없이 소리만 크게 지르던 인사가 생각났다.

어깨를 늘어뜨리고 가게 안 카운터 테이블을 닦기 시작했다. 카운터 테이블에서는 세탁과 건조가 끝나기를 기다리는 동안 손님들이 핸드폰이나 태블릿을 보면서 시간 때우는 일이 많았다. 잘 살펴보니 희미한 커피 얼룩이 제법 있었다. 서둘러 얼룩을 북북 문질러 닦았다.

자동문이 열리는 소리에 고개를 들었다. 곧바로 가슴이 철렁 내려앉았다.

'그 녀석이다!'

상한 갈색 머리에 지저분한 부츠. 지난번과 마찬가지로 찢어진 블랙진 차림을 한 돈키호테 청년이었다. 청년은 아카네를 보더니 굳은 얼굴로 일부러 딴청을 피웠다.

"안녕하세요."

무시하고 있다는 걸 알았지만 아카네는 마나와 했던 약속을 생각해 되도록 평소와 다름없는 태도로 인사했다. 청년이 세탁건조기 앞으로 다가갔다.

'오늘은 제발 좀 제시간에 가지러 오세요.'

그렇게 톡 쏘아붙이고 싶은 마음을 필사적으로 억누르며 청년을 훔쳐보았다.

'응?'

뭔가 이상했다. 청년은 아무것도 들고 있지 않았다. 늘 가져오던 돈키호테 비닐봉지도 안 보였다. 양손이 비어 있고 등에 멘 백팩은 납작했다.

이윽고 청년은 백팩을 열더니 입구가 봉해진 하얀 편의점 비닐봉지를 꺼냈다. 몹시 더러운 물건이라도 되는 듯이 거무스름한 덩어리를 손끝으로 집어 올렸다. 그러고는 그것만 드럼통 안에 휙 던져 넣었다.

"저기, 잠시만요! 지금 넣은 거, 그거 뭐예요?"

무심코 비명에 가까운 소리를 지르며 물었다.

"네? 그냥 평범한 티셔츠인데요."

청년은 아카네의 험악한 표정에 놀란 듯 뒷걸음질 쳤다.

"그냥 평범한 티셔츠를, 왜 단독으로 세탁하는 거예요? 심지어……."

'더러운 물건을 만지듯 손끝으로 집어 들면서 말이야.'

"곰팡이가 펴서요."

청년은 태연한 얼굴로 드럼통 안을 가리켰다. 미안해하는 기색이 조금도 없었다. 아카네가 눈을 치켜떴다.

"손님뿐 아니라 다른 사람들도 이 세탁건조기를 쓴다고요. 저렇게 제대로 만지지도 못할 정도로 더러운 옷은 여기서 세탁하지 마세요."

아아, 정말이지, 어쩜 저렇게 생각이 없을 수가 있지? 이 세탁건조기를 쓰는 다음 사람에게 민폐라는 생각은 전혀 못 하는 걸까? 분노가 검은 얼룩처럼 가슴속에 번져나갔다.

"왜요? 더러우니까 세탁하는 건데."

무심코 "뭐?" 하고 되물었다. 서로 눈을 동그랗게 뜨고 마주 보았다.

"하, 하지만 저건……."

더러우니까 세탁한다. 그건 반박할 수 없는 확실한 세탁의 이유였다.

"안녕하세요! 뭘 도와드릴까요?"

그때 갑자기 마나의 목소리가 울려 퍼졌다. 코트를 걸치고 숄을 두른 차림이었다. 손에는 도시락이 든 하얀 비닐봉지가 들려 있었다.

"저는 이곳 점장인 아라이 마나라고 해요. 항상 저희 코인 세탁소를 이용해주셔서 감사합니다. 이제야 만났네요."

마나는 숨 가쁜 목소리로 그렇게 말하고는 먼저 청년에게, 그다음엔 아카네를 향해 크게 고개를 끄덕였다.

“저희 코인 세탁소에서는 무료로 세탁 상담을 해드리고 있어요. 혹시 괜찮으시다면 그 옷에 관해서 자세한 설명을 들을 수 있을까요? 틀림없이 도움이 될 거예요.”

마나한테서 첫 방문 서비스인 무료 커피를 건네받은 돈키호테 청년은 잠시간 불만스러운 표정을 짓고 있었다. 막 내린 고소한 커피 향이 가게 안에 퍼졌다. 얼마 후 청년은 향의 유혹에 넘어간 듯 커피를 한 모금 마셨다.

“헐……. 맛있어.”

청년이 분하다는 듯 중얼거렸다.

“다행이에요!”

마나가 환하게 웃으며 대답하자 청년의 굳어 있던 뺨이 조금씩 풀어졌다.

"어, 그러니까 저기…… 저는……."

그러고는 조금씩 자기 이야기를 꺼내기 시작했다.

이름은 스즈키 켄고. 이곳 근처인 간나이역에서 게이힌도호쿠—네기시선 쪽에 위치한 사립대학교에 다니는 1학년 학생이었다. 이바라키현 산골에 있는 본가를 나와 3월 중순부터 학교 근처 연립주택에서 자취 중이었다. 이사하느라 돈을 많이 쓴 탓에 자췻집에 세탁기 같은 사치스러운 물건은 엄두도 못 낸다고 했다.

"학기가 시작되니까 동아리 신입회원 환영회 같은 행사도 많고, 틈틈이 알바도 하느라 암튼 엄청 바빠요."

옆에서 듣고 있던 아카네가 쓴웃음을 지었다. 수업이나 알바는 그렇다 쳐도, 동아리 신입회원 환영회라니. 그건 그냥 노는 거잖아. 난 얼마 전까지만 해도 너보다 백배는 더 바빴거든? 그렇게 말하고 싶었지만 어른스럽지 못한 행동인 것 같아 참았다.

"암튼 그래서 빨래 찾으러 올 시간이 잘 안 나서……."

"그건 괜찮아요. 그보다 오늘 가져온 빨래에 관해 얘기해 주시겠어요?"

마나가 고개를 가로저으며 티셔츠 얘기를 해보라고 재촉했다. 켄고는 못마땅한 듯 입을 삐죽 내밀고는 아카네를 힐끔 쳐다봤다.

'네, 네 알겠어요. 마나 씨가 그렇게 말씀하시니 저도 더 이상 화 안 낼게요.'

아카네가 어깨를 으쓱이고는 고개를 끄덕였다.

"그럼 좀 봐주실래요? 이런 상태거든요."

켄고가 드럼통 안에 손을 집어넣었다.

"으악!"

아카네가 무심코 소리를 질렀다.

켄고가 손끝으로 집어 올린, 흰 바탕에 검은 영문 로고가 들어간 티셔츠는 한쪽 전체가 곰팡이투성이였다. 주름도 없고 프린트도 벗겨지지 않은 걸로 보아 새 옷이었다. 하지만 얼룩 같은 검은 점들이 티셔츠 구석구석에 퍼져 있었다. 한쪽에는 하얀 솜털 같은 게 붙어 있었는데 그것도 곰팡이인 듯했다. 본능적으로 숨을 참았다. 저절로 고개가 돌아가려고 했지만 차마 그럴 수는 없었다.

"사서 개봉 안 하고 몇 년이나 비닐 상태로 보관하면서 아껴둔 건데 어제 열어보니까 이렇게 곰팡이가 펴 있더라고요. 그래서 세탁하려고 왔는데 왜 안 된다는 거예요?"

켄고가 망연자실한 얼굴로 말했다.

마나는 동요하지 않고 가만히 고개를 끄덕였다.

"그렇군요. 하지만 저런 상태로 세탁기에 넣으면 안 돼요. 코인 세탁소를 이용할 때는 기본적인 매너를 지켜주셔야 해요. 내가 당하기 싫은 일은 남한테도 하면 안 된다는 걸 명심할 필요가 있어요. 곰팡이는 얼룩도 지고 냄새도 좀처럼 가시지 않거든요. 그리고 옷에 핀 곰팡이를 제거할 때는 요령이 필요해요."

마나는 가게 안쪽에 있는 스테인리스 재질의 싱크대로 향했다.

"두 분 다 이쪽으로 오세요."

마나가 싱크대 위에 놓인 상자에서 일회용 마스크를 꺼냈다.

"우선 마스크를 씁니다. 곰팡이 포자를 들이마시면 몸에 안 좋으니까요. 눈에 보이지 않는 곰팡이도 있기 때문에 오랫동안 보관해둔 옷을 손질할 때는 반드시 마스크를 쓰는 게 좋아요."

"포자……."

켄고가 심각한 얼굴로 허둥지둥 마스크를 썼다.

"그럼, 먼저 티셔츠 표면에 난 곰팡이를 제거해볼까요? 베란다 같은 실외에서 살살 두들겨서 곰팡이를 털어주세요."

마나는 싱크대 옆에 있는 문을 가리켰다.

"저기 뒷문을 이용하면 건물 뒤편으로 나갈 수 있어요. 주위에 사람이 없는지 꼭 확인하고 두들겨 털어주세요. 내가 당하기 싫은 일은 남한테도 하지 않는다. 알겠죠?"

마나가 켄고를 보며 말했다.

"네? 아, 네."

켄고는 어안이 벙벙한 표정을 지었지만, 생각보다 순순히 뒷문을 열고 밖으로 나갔다. 얼마 후 하얀 곰팡이가 제거되어 아까보다는 상태가 나아진 티셔츠를 손에 들고 돌아왔다.

"제법 세게 두들겼는데 이 부분은 전혀 안 떨어지더라고요."

검은 액체가 튄 것처럼 까만 점들이 퍼진 부분을 손가락으로 가리켰다.

"검은 곰팡이군요. 하얀 곰팡이는 겉에 붙어 있을 뿐이라 비교적 쉽게 제거되는데 검은 곰팡이는 섬유 속에까지 뿌리를 내려서 까다로워요. 일단은 알코올 스프레이로 검은 곰팡이의 뿌리를 끊어냅시다."

마나는 켄고에게 알코올 스프레이를 건넸다.

"검은 곰팡이……. 알코올은 얼마나 뿌리면 돼요?"

켄고가 알코올 스프레이를 손에 들고 고개를 갸웃거렸다.

"잔뜩이요."

"그렇게 많이 뿌리면 색 안 빠져요?"

"알코올을 옷에 뿌리면 색이 조금 빠지긴 해요. 하지만……."

"네?"

켄고가 손을 멈추었다.

"그건 안 돼요. 이 티셔츠, 중학교 때 제일 좋아하는 해외 밴드 라이브 콘서트에 처음 가서 산 굿즈란 말이에요. 아까워서 입지도 못하고 본가 옷장에 보관만 해놓았던 거라고요……."

검은 곰팡이 자국이 점점이 퍼진 티셔츠를 꼭 끌어안기라도 할 기세였다.

"저도 그 마음 충분히 이해해요. 저희 집 옷장에도 사이즈가 맞는지 딱 한 번 입어본 뒤로 줄곧 보관만 해온 최애 티셔츠가 데뷔할 날만을 기다리고 있거든요."

켄고는 데뷔라는 부분에서 공감하듯 고개를 끄덕였다.

"알코올을 옷에 뿌린 후 색이 빠지기까지는 조금 시간이 걸려요. 그러니 바로 씻어내면 문제없어요. 알코올은 물에 쉽게 녹으니까 손으로 꼼꼼히 헹구면 거의 없어져요."

"정말요?"

켄고가 마음이 안 놓이는지 의심스러운 얼굴로 물었다. 잠시 검은 곰팡이가 퍼진 티셔츠를 바라보던 켄고는 이윽고 조심스러운 손길로 티셔츠가 푹 젖을 때까지 알코올 스프레이를 뿌렸다. 그렇게 하면 곰팡내도 옷에 남지 않는 모양이었다.

"옳지, 그래요. 잘했어요!"

아카네에게 일을 가르쳐줄 때처럼, 마나는 짝짝짝 하고 손뼉을 쳤다.

"그러면 이제 물로 꼼꼼히 씻어내볼까요? 그다음엔 산소계 표백제에 잠깐 담가놓을 거예요. 참고로 절대 염소계 표백제를 쓰지 않도록 주의해주세요. 이름은 비슷해도 이 둘은 완전히 다르니까요."

"산소계와 염소계는 뭐가 다른데요?"

켄고가 의아한 표정을 지었다.

"염소계 표백제는 표백 살균 효과가 굉장히 강하기 때문에 세탁할 때 새하얀 옷에만 써요. 욕실 실리콘 같은 곳에 피는 끈질긴 검은 곰팡이를 녹여버릴 정도니까 옷 같은 걸 담갔다가는 금방 색이 빠져버리거든요. 그래서 옷을 빨 때는 보통 산소계 표백제만 써요."

마나가 싱크대에 놓인 표백제를 집어 '산소계 표백제'라고 적힌 부분을 가리켰다. 대야에 미온수를 채우고 뚜껑 한 컵 분량의 산소계 표백제를 넣은 후 물로 알코올을 씻어낸 티셔츠를 담갔다.

"자, 이제 15분 정도 기다리면 돼요. 이 정도로 오염을 제거하면 다른 빨래처럼 가게에 있는 세탁건조기에 넣고 돌려도 문제없어요."

"저기……."

켄고가 멋쩍은 얼굴로 입을 열었다.

"사실 저, 자취하는 거 처음이거든요."

그러고는 리필한 커피를 한 모금 마시고 마나와 아카네를 번갈아 보았다.

'그야 네 나이를 생각하면 당연한 거 아냐?'

아카네는 무심하게 마음속으로 반문했다. 문득 앞에 있는 켄고라는 청년이 아주 조금 귀엽게 느껴졌다.

"진짜 힘들어 죽겠어요."

켄고가 민망한 듯 웃었다.

"학교에서 돌아와 밀린 집안일을 하다 보면 시간도 금방 가고 너무 피곤하더라고요. 할 일은 많은데 시간이 없으니 마음만 급하고."

켄고는 대야 안의 티셔츠를 바라보았다.

"……그 기분, 나도 알 것 같아."

아카네는 저도 모르게 그런 말을 내뱉었다. 낯선 생활에 어찌할 바를 몰라 당혹스러운 기분. 할 일은 산더미처럼 쌓여 있는데 시간도 없고 몸도 지칠 대로 지친 상황.

"네? 왜요?"

"……나도 학교 다닐 때 그랬으니까."

아카네가 자조하듯 웃었다. 즐거웠던 학창 시절은 정말 눈 깜짝할 사이에 지나가버렸다. 졸업 후엔 부동산 회사에 들어갔지만 학교 다닐 때 바빴던 것과는 비교도 안 될 만큼 정신없는 하루를 보내야 했다. 날마다 할당량을 채우느라 맡은 일만으로도 버거워서 다른 사람의 기분 따위 신경 쓸 여유도 없었던 날들이 떠올랐다.

켄고가 뭐라고 말해야 좋을지 모르겠다는 듯 시선을 피했다.

"그러면 식사는 어떻게 해결해요?"

마나가 물었다.

"보통 아침은 안 먹고 점심은 라멘 가게 같은 데서 때우고 저녁은 편의점 삼각김밥이나 컵라면으로 해결해요. 원래 먹는 거에 별로 관심 없거든요. 굳이 매번 안 챙겨 먹어도 괜찮고요."

"뭐?" 하고 아카네는 켄고의 얼굴을 빤히 쳐다보았다.

켄고는 별로 대수롭지 않다는 듯 어리둥절한 표정을 지었다.

"아뇨, 그러면 안 되죠. 밥은 제대로 챙겨 먹어야 해요."

마나가 고개를 좌우로 흔들었다.

"수업이 매일 있어요?"

"네. 1학년은 필수 과목을 들어야 해서."

"그럼, 매일 한 번은 반드시 학식을 먹도록 해보세요."

마나가 중요한 정보를 알려주는 것처럼 힘주어 말했다.

"학식이요? 온라인 커뮤니티에서 환자식처럼 싱겁다는 평을 봐서 별로 안 당기는데……."

켄고는 그다지 내키지 않는 표정이었다.

"학식은 영양 밸런스를 고려해 조리하는 데다 고기와 채소가 잔뜩 들어간 메뉴를 500엔 정도에 먹을 수 있어서 가성비가 아주 좋아요. 맛이 좀 없으면 어때요? 어차피 음식에 별로 관심 없다면서요. 그럼 있는 거라도 알뜰하게 뽑아 먹어야죠. 안 하면 나만 손해라고요!"

진지한 얼굴로 말하는 마나를 보고 켄고가 풉, 하고 웃음을 터트렸다.

"우리 엄마랑 똑같이 말하네요."

켄고가 재미있다는 듯 몸을 떨어가며 킥킥 웃었다.

"우리 엄마도 알뜰한 거 엄청 좋아하거든요. '안 하면 나만 손해야!' 하고 입버릇처럼 말한다니까요."

한동안 웃고 난 켄고는 살짝 쓸쓸해 보이는 미소를 지었다.

"식사를 챙기는 일은 아주 중요해요. 새로운 환경에 적응하기 위해서는 일단 몸이 건강해야 하니까요. 그러니 앞으론 학교 식당에서 영양이 골고루 들어간 음식을 최대한 많이 먹도록 하세요."

마나가 조용히 말했다.

"여기, 세탁소 맞죠? 빨래하러 와서 식사에 관한 조언을 들을 줄은 생각도 못 했어요."

켄고가 쓴웃음을 지었다.

"켄고 씨가 자취 생활에 얼른 적응해서 되도록 빨리 세탁물을 찾으러 오길 바라는 마음에서 하는 말이에요."

그렇게 말하고 웃는 마나의 눈을 켄고가 똑바로 바라보며 말했다.

"……네. 지금까지 민폐를 끼쳐서 죄송합니다."

켄고가 항복했다는 듯이 한숨을 쉬었다.

"괜찮아요. 그렇게 민폐도 아니었는걸요. 저희는 그저 걱정이 많이 되었을 뿐이에요. 세탁은 생활의 일부니까요. 오늘 이렇게 얘기를 나눌 수 있어서 정말 다행이라고 생각해요."

마나는 힘주어 말하고는 "그렇죠, 아카네 씨?" 하고 옆에 있던 아카네에게 동의를 구했다.

"……네."

정말 그랬다. 실은 그게 다였다. 자신은 매너 없는 생면부지의 누군가를 표독스러운 얼굴로 몰아세우고 싶었던 게 아니었다. 깨끗이 세탁된 소중한 빨래를 방치할 정도로 여유 없는 생활을 하는, 얼굴도 모르는 누군가가 걱정되었을 뿐이다.

마음속에 도사리고 있던 짜증을 다정한 말로 표현해주니 갑자기 눈물이 날 것 같았다. 당황한 아카네는 가볍게 헛기침을 했다.

"고맙습니다. 걱정을 끼쳐서 죄송해요."

켄고는 경계심을 완전히 풀어버리고 어린애 같은 얼굴로 쑥스러워하며 말했다.

일주일 전까지만 해도 아카네가 퇴근할 무렵인 오후 5시면 날이 어두워졌다. 하지만 그사이 계절이 바뀌었는지 아니면 활짝 갠 날씨 때문인지 오늘은 바깥이 제법 환했다.

"먼저 들어가볼게요."

아카네가 앞치마를 벗고 코트를 걸치는 동안, 마나가 카운터 테이블 쪽에 나와 있었다. 사용 중인 기계는 있지만 기다리는 손님은 없었다.

"아카네 씨, 오늘 수고 많았어요. 돈키호테 청년과 얘기해볼 수 있어서 다행이었어요."

"켄고요? 뭐, 어쨌든 결국 솔직하게 사과했으니 이제 그만 용서해주려고요."

일부러 허리에 손을 턱 얹고 새침한 표정을 지어 보였더니 마나가 "네, 용서해주세요" 하며 까르르 웃었다.

"참, 마나 씨, 그거 아세요? 야토자카에 이탈리아 요리 맛집이 있더라고요. 가격도 디너치고는 비교적 저렴하고 분위기도 아주 근사했어요. 물론 음식도 맛있었고요."

마나의 웃음소리에 무심코 그런 말이 흘러나왔다.

"야토자카에 있는 이탈리안……. 혹시 레스토랑 이름이 뭐예요?"

"잠깐만요. 아, 이거예요. 리스토란테 다카오카."

핸드폰의 검색 이력을 거슬러 올라가 사이트에 올라와 있던 레스토랑의 외관 사진을 마나에게 보여주었다. 며칠 전 그곳에서 혼비백산해놓고선 지금은 이렇게 웃으며 마나에게 소개하고 있는 상황이 우습다는 생각이 들었다.

하지만 괜찮았다. 왜냐하면 거긴 아주 멋진 레스토랑이었으니까. 만나고 싶지 않은 사람을 우연히 마주쳤다고 해서 얼굴을 찌푸리며 안 좋은 기억으로 떠올린다면, 작은 체격에 맑은 눈을 한 셰프에게 미안한 일이었다.

"아, 역시 리스토란테 다카오카였군요! '클리닝 다카오카'를 운영하는 미쓰루 선생님의 동생분이 하는 가게예요."

"클리닝 다카오카요?"

그 언덕길에 세탁소가 있었는지 잘 기억나지 않았다.

"클리닝 다카오카는 그 레스토랑에서 좀 더 올라가면 있는 세탁소예요. 미쓰루 선생님은 제가 세탁기능사 자격증을 딸 때 여러모로 도와주신 분이고요."

코인 세탁소에서 일하는 데 자격은 필요하지 않았다. 그러나 세탁 대행 서비스를 운영하려면 국가 자격증인 세탁기능사 면허가 필요한 모양이었다.

"세탁기능사는 처음 들어봤어요. 그런 자격증도 있군요. 그거, 따기 어렵나요?"

"필기시험과 실기시험 두 가지가 있어요. 필기시험 공부도 힘들었지만, 더 어려웠던 건 와이셔츠 다림질이었어요. 시험 치기 전 한동안은 클리닝 다카오카에 문턱이 닳도록 드나들었죠."

"와이셔츠 다림질……이요? 와, 정말 어려울 것 같아요."

아카네는 회사에 갓 입사했을 무렵, 슈트 안에 받쳐 입는 하얀 블라우스를 몇 번인가 다림질해보려고 시도했다가 실패했던 기억을 떠올렸다. 그때부터 블라우스는 꼭 부들부들한 원단으로 된 것만 입었다.

"사실 요코하마는 세탁업의 발상지예요. 심지어 야토자카에는 기념비도 세워져 있죠. 최초로 문을 연 세탁소는 이미 옛날에 없어졌지만, 이 부근에는 몇 대에 걸쳐 운영해온 세탁소가 몇 군데 있어요."

그때 자동문이 열렸다. 손님이 들어왔다.

"아, 그럼 내일 봐요."

서로 재빨리 인사를 주고받은 후 마나가 손님 쪽으로 다가갔다. 가게 안에 들어온 사람은 진회색 슈트 차림의 오쓰카였다.

"지금 빈 곳 있어요? 나름대로 서둘러서 일 끝내고 오는 길인데. 우리 회사는 기본적으로 유연근무제지만 출근하는 날은 이런저런 일로 붙들리기 일쑤라서."

오쓰카가 직장인이라는 사실에 조금 놀랐다. 평소 화려한 옷차림과 자신만만한 태도로 봤을 때 중요한 미팅에도 점퍼 차림으로 참석하기를 주저하지 않는 젊은 사업가겠거니 하고 막연히 추측했기 때문이다. 유연근무제뿐 아니라 출근하는 날이 따로 있는, 즉 재택근무가 허용되는 곳이라면 오쓰카의 회사는 아카네가 다녔던 곳보다 훨씬 규모가 큰 기업이 틀림없었다.

"네, 세탁기랑 세탁건조기 둘 다 비어 있어요."

마나가 웃으며 대답하곤 자연스럽게 스태프 공간으로 발길을 돌렸다.

"다행이다. 고마워요."

오쓰카는 투미 브랜드의 비즈니스 백팩에서 아주 적은 양의 빨래가 들어 있는 검은 세탁 망을 꺼내 세탁건조기 안에 넣었다.

“마나 씨, 커피 한잔 부탁해요.”

카운터 테이블에 앉아 맥북을 펼친 오쓰카가 스태프 공간 쪽을 향해 말했다.

“네~! 지금 바로 가져다드릴게요! 잠시만 기다려주세요!”

마나 대신 아카네가 기운찬 목소리로 대답하자 뒤를 돌아본 오쓰카가 ‘너, 아직도 있었어?’라고 말하는 듯한 표정으로 바라봤다.

제3장

면 100프로의 인생

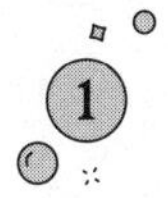

이사를 결정하기 전까지 요코하마에 이렇게 정체를 알 수 없는 장소가 있다는 사실을 전혀 몰랐다. 가미야 시오리는 방 두 칸짜리 집 안에 이삿짐센터 인부들이 층층이 쌓아놓은 박스 앞에서 무거운 한숨을 내쉬었다.

이사온 집은 요코하마 차이나타운에서도 외곽에 위치한, 지은 지 50년이 넘은 아파트였다. 오른쪽 상가 건물 1층은 고풍스러운 중화요리점이었고 왼쪽 건물 1층은 '타피오카 밀크티'라는 간판이 걸린 채 셔터가 내려져 있는 빈 점포였다.

시오리가 사는 아파트 1층에는 피자 체인점이 들어와 있어서 건물 앞에 배달용 오토바이가 몇 대 세워져 있었다. 틀림없이 새벽부터 밤까지 사람들이 어수선하게 들락날락할 것 같았다. 부동산 회사에서 "여기라면 어린애가 있어도 괜찮을 겁니다. 반려동물도 악기 연주도 전부 문제없어요"라는 말을 들은 순간부터 어느 정도 각오는 되어 있었다.

수없이 반복된 이사 탓인지 바닥에는 가구가 끌린 흔적이 군데군데 남아 있었다. 수전은 초등학교 복도에나 있을 법한 삼각형 모양의 수도꼭지였고 주방에 있는 순간온수기의 경우 원래라면 하얀색이었을 플라스틱 재질의 본체 커버가 볕에 그을린 듯 누렇게 변색돼 있었다.

"리리카, 피곤하지? 이제 이사 다 끝났어. 엄마는 지금부터 짐 정리해야 하니까 그동안 혼자 놀고 있어."

아기띠를 풀고 품에 안고 있던 리리카를 내려놓았다.

"우~"

리리카는 알아들을 수 없는 말을 중얼거리며 신기한 듯 주위를 두리번거렸다.

"아, 잠깐만."

서둘러 이삿짐 박스 안에서 놀이 매트를 꺼내 바닥에 깔았다. 이제 막 18개월에 접어든 리리카를, 혼자서는 잘 걷지 못하는 아이를, 이 흠집 많은 바닥에 그대로 앉히기는 싫었다.

놀이 매트 위에 기치조지의 그림책 전문 서점에서 산 원목 블록을 놓아두었다. 장인이 하나하나 직접 만들어 모서리가 전부 둥글게 깎여 있는 블록이었다. 어른이 만져도 기분 좋을 만큼 매끄러운 감촉으로, 속에는 각기 다른 소리가 나는 방울이 들어 있었다.

리리카가 블록을 흔들자 생각보다 방울 소리가 크게 울렸다. 흠칫 놀란 그 순간, 1층 피자 가게의 오토바이 엔진 소리가 요란하게 들려왔다. 방울 소리는 순식간에 묻혔다. 오토바이 소리에 놀란 리리카가 소리를 냈지만, 바깥 소음이 이 정도로 크다면 어린아이가 내는 소리쯤은 그다지 걱정할 필요가 없어 보였다.

'다행이야.'

시오리는 스스로를 안심시키듯 고개를 끄덕였다.

"자, 리리카. 이제 여기가 엄마랑 리리카의 새로운 보금자리야. 전에 살던 집보다는 좀 낡고 좁지만……."

무심코 미안하다는 말이 튀어나오기 전에 어금니를 꽉 깨물었다.

'안 돼. 리리카 앞에서는 절대 부정적인 말을 해서는 안 돼.'

"앞으로 엄마랑 둘이 행복하게 살자. 알겠지?"

얼굴 옆으로 양손을 활짝 펼치며 웃어 보였다. 리리카가 "꺄아!" 하고 소리를 지르며 기쁘게 웃었다.

그러고 보니 사쿠라기초에서 전남편과 살았던 초고층 아파트의 연식은 결혼 기간이랑 같았다. 전에 살던 아파트에서 여기까지는 차로 10분 거리였다.

리리카는 앞으로 새로운 곳, 게다가 아빠 없는 생활에 익숙해져야 하니 좋아하는 선생님과 친구들이 있는 어린이집만은 옮기지 않고 계속 다니게 해주고 싶었다. 어린이집과의 거리를 최우선으로 고려하다 보니 시오리의 형편에서 마련할 수 있는 집은 이런 곳밖에 없었다.

"좋아, 해보는 거야!"

리리카에게도 들릴 만큼 힘차게 외친 후 팔을 걷어붙이고 이삿짐 박스를 열었다.

순간 딥티크의 방향제 향이 물씬 풍겼다. 발리로 신혼여행을 갔을 때 리츠칼튼 호텔에서 공간에 배어든 향이 무척 마음에 든 나머지 전남편에게 부탁해 어느 브랜드의 방향제인지 호텔에 문의했었다. 그러고는 귀국해서 둘이 함께 신주쿠 이세탄 백화점에 가서 "맞아, 바로 이거야!" 하고 마주 보며 기뻐했던 추억이 깃든, 그런 향기였다. 그 집에서 가져온 짐에 아직도 이렇게 부드럽고 달콤한 냄새가 남아 있다는 사실이 괴로웠다.

세 살 연상인 전남편과는 직장 동료의 권유로 참석한 술자리에서 처음 만났다. 이름만 대면 누구나 아는 대기업의 엘리트 샐러리맨이었다. 이야기가 잘 통하고 패션 센스가 뛰어난 데다 데이트도 능숙하게 리드해서 연애 경험이 많을 거라 짐작했다. 연애 경험이 많으니 자신에게 맞는 사람을 보는 눈도 정확한 사람인 것 같았다. 청혼을 받고 결혼식을 올리기까지 그리 오랜 시간이 걸리지 않았다.

그러나 행복했던 시간은 신혼여행까지였다.

전남편은 사쿠라기초의 신축 초고층 아파트가 마음에 든다면서 상당한 금액의 대출을 끼고 샀다. 독단적인 결정이었다. 그러고 나자 업무상 접대라는 핑계로 매일 자정이 넘어서야 집에 돌아왔다. 주말도 대부분 업무 스케줄로 꽉 차 있어서 집에 붙어 있는 시간이 없었다.

"집에서 거의 시간을 보내지 않는 내가 혼자서 대출을 갚고 있는 거, 좀 불공평하지 않아?"

툭하면 그런 식으로 불만을 늘어놓으며 생활비를 안 주려고 해서 대출금 상환 외에 식비나 관리비 같은 지출은 세후 16만 엔 정도의 월급을 받는 시오리의 차지가 되었다. 물론 집안일도 다 시오리의 몫이었다. 절약은커녕 돈을 물 쓰듯 쓰는 전남편이 불만스러웠지만, 맞벌이인 데다 아직 아이가 없기 때문이라고 생각했다. 임신하면 남편도 틀림없이 바뀔 거라고 믿었다.

지푸라기라도 잡는 심정으로 진지하게 임신을 준비하자, 결혼 전 혼자 살 때는 거의 신경 쓰지 않았던 화학조미료, 합성세제 등 건강에 안 좋은 것들이 눈에 들어왔다. 시오리가 일부러 멀리 있는 유기농 마트까지 가서 무첨가 조미료와 유기농 채소를 사자 전남편은 "난 좀 평범한 걸 먹고 싶어" 하고 쓴웃음을 지었다.

결혼한 지 1년 만에 시오리는 임신했다. 그러나 시오리의 기대와는 달리 전남편은 여전히 생활비를 한 푼도 주지 않았다. 임신부가 되자 빈혈로 병원에 다니거나 절박유산으로 입원하는 등 생각보다 이런저런 문제가 끊이지 않아 직장에서 일하는 것도 눈치가 보였다. 생활도 점점 불안정해지기 시작했다.

더는 안 되겠다 싶어 앞으로는 생활비를 달라고 요구하자, 전남편은 정색하며 크게 화를 내더니 급기야 멱살까지 잡았다. 때리지는 않았지만, 그길로 집을 뛰쳐나간 그는 모든 메신저 앱에서 시오리를 차단하고 전화도 차단한 후 며칠 동안이나 집에 들어오지 않았다.

시오리는 체면이고 자존심이고 다 내려놓고 결혼식에서 사회를 맡아주었던, 전남편과도 친분이 있는 친구에게 속사정을 얘기했다. 모호하게 얼버무리던 친구는 어떤 여자의 인스타그램 계정을 알려주었다. 선물도 많이 사 주고 누구보다 자기를 사랑해주는 유부남과의 불륜으로 고민하는 젊고 예쁜 여자의 계정이었다.

그제야 전남편이 결혼식을 올리고 얼마 지나지 않아 회사 후배와 바람이 났다는 사실을 알았다. 눈앞이 캄캄해지면서 "거봐, 역시 그럴 줄 알았어" 하고 자신을 책망하는 냉랭한 목소리가 가슴 한편에서 들려오는 것 같았다.

별안간 콰당, 탕, 하는 소리가 났다.

"리리카! 괜찮니?"

비명을 지르며 리리카에게 뛰어갔다. 위태로운 몸짓으로 혼자 어떻게든 일어섰다가 곧바로 넘어지고 말았던 모양이다. 얼굴이 새빨개진 리리카가 목청껏 울음을 터트렸다.

"에구, 아야 했어? 가여워라. 괜찮아, 괜찮아. 우리 애기 뚝."

좁은 집 안에 리리카의 울음소리가 울려 퍼졌다. 그에 질세라 밖에서 아까와는 또 다른 오토바이의 엔진 소리가 들려왔다.

"리리카, 괜찮아. 이제 괜찮아. 엄마 손은 야~악손~"

그렇게 필사적으로 리리카를 달래는데 어느 사이엔가 눈에 눈물이 고였다.

'난 잘 살 거야.'

시오리는 킁 하고 코를 훌쩍였다.

'바람 한번 피운 거 갖고 이혼하겠다고? 아서라, 얘. 그런 건 그냥 못 본 척하면 되잖니. 너 혼자 어떻게 애를 키우려고 그래?'

엄마의 쌀쌀맞은 목소리가 귓가에 되살아났다.

'나는, 맨날 바람피우고 폭언을 일삼는 아빠 앞에서 찍소리도 못 하던 엄마랑은 달라. 그저 돈이 없다는 이유로 결혼 생활을 유지하라니. 그걸 말이라고 하는 거야? 싱글맘에 무일푼 신세가 되었지만, 누구에게도 부끄럽지 않은 엄마가 될 거야.'

시오리는 뺨을 타고 흘러내리는 눈물을 손등으로 힘껏 훔쳤다.

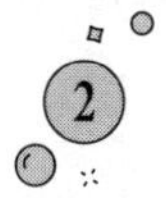

요코하마는 오늘도 여느 때처럼 화창한 날씨에 바람이 세차게 불었다. 요코하마 코인 세탁소 앞을 바쁘게 지나치던 사람들이 추위에 몸을 움츠리며 코트 깃을 여미고 있었다. 이제 봄이 시작되려는지 거리에는 베이지색 트렌치코트를 걸친 사람이 많이 보였다.

"그 오쓰카라는 남자, 혹시 마나 씨한테 마음 있는 거 아니에요? 사람이 좀 가벼워 보이던데 조심하세요."

오른손에는 젖은 걸레, 왼손에는 마른걸레를 들고 세탁기를 청소하면서 아카네는 창문 너머로 시선을 주었다.

"오늘은 화요일이니 오쓰카 씨 출근했을걸요? 낮에는 안 오실 거예요."

마나가 카운터를 정리하면서 탁상 달력으로 눈길을 주었다.

"오쓰카 씨 스케줄을 파악하고 계신 거예요?"

"오쓰카 씨가 얘기해줬어요. 월요일과 금요일은 재택근무라서 아침부터 여기에 올 수 있다고 하더라고요."

"월요일, 금요일요? 꼭 기억해놓을게요."

아카네는 미간을 힘껏 찌푸리며 고개를 끄덕였다. 그것을 본 마나가 쿡, 하고 웃었다.

"오쓰카 씨 집이 이 근처인가요?"

"야마시타 공원 부근에 있는 고층 아파트에 산다고 했어요. 한 1년 전쯤 이혼했는데 그때까지 부인과 자녀 둘이랑 넷이서 살던 집이 혼자 지내기에 너무 넓어서 외롭다고 말씀하시더라고요. 살림살이는 대부분 전처에게 넘겨서 지금 집에는 세탁기가 없다는 것 같았어요."

"그런 개인적인 얘기까지 했다고요?"

"실은 예전에 청혼한 적이 있었어요. '결혼 생각 없어요? 혹시 있으면 꼭 나랑 결혼해줬으면 좋겠는데' 하고. 몹시 가벼운 말투기는 했지만요. 그러더니 갑자기 개인적인 이야기를 쏟아내시더라고요."

"네에? 그게 언제 있었던 일인데요?"

아카네가 놀라서 되물었다.

"가게를 오픈한 지 얼마 안 되었을 때예요. 처음 온 오쓰카 씨에게 세탁기 사용법을 설명해드렸는데 두 번째로 방문했을 때 청혼하시더라고요."

"그래서 뭐라고 대답하셨어요?"

"안 된다고요."

마나가 평소보다 차가운 목소리로 단호하게 말했다.

"그때 다음부턴 오지 말라고 하지 그러셨어요."

"바로 사과하셨어요. 이제 그런 얘기는 절대 안 할 테니 손님으로서 앞으로도 계속 이 코인 세탁소를 이용하게 해달라고 부탁하는데, 저로선 거절할 이유가 없죠."

"말로는 안 그러겠다고 했으면서 전혀 포기한 눈치가 아니잖아요."

'그 사람, 얼마 전 마나 씨가 싱글인지 아닌지 캐물으려고 했다고요. 가차 없이 청혼을 거절당한 뒤에야 결혼 여부를 알아보다니, 순서가 잘못돼도 한참 잘못됐잖아요. 그런 양아치 같은 남자는 절대 안 돼요!'

그렇게 말을 이으려다가 문득 아카네 역시 마나가 결혼했는지, 만약 안 했다면 애인은 있는지 궁금해졌다. 순수해 보이는 마나에게 치정이라니. 둘은 전혀 어울리지 않았다.

'제가 오쓰카 씨한테서 지켜드릴게요. 그 남자, 아무래도 이상한 사람 같으니까.'

등을 살짝 펴고는 마음속으로 중얼거렸다.

"그때 이후로는 청혼 얘기 꺼낸 적 없으니 신경 안 쓰셔도 돼요."

마나가 어깨를 으쓱이며 쓴웃음을 지었다.

"……마나 씨, 예전에도 그런 일이 있었나요?"

"네?"

마나는 의아하다는 얼굴이었다.

"어, 그러니까, 그게…… 마나 씨는 미인이잖아요. 누가 그런 식으로 집적거릴 때 대처하는 방법이 능숙해 보인달까. 냉정하게 판단해서 싫은 건 싫다고 똑 부러지게 얘기하고 동요하지 않는 모습이 멋지단 생각이 들어서요."

자기에 대해 잘 알지도 못하면서 희롱하듯 수작 부리는 남자를 계속 손님으로 대하며 얼굴을 마주해야 한다니. 자신이 그런 일을 당했다고 상상하는 것만으로도 위가 욱신거렸다.

"다 연륜이죠."

마나가 아무렇지도 않은 얼굴로 말했다.

"게다가 오랫동안 요양원에서 일한 적도 있어서 황당한 프러포즈 같은 거 받아넘기는 덴 도가 텄어요."

장난스럽게 웃었다.

"마나 씨 요양원에서 일하셨군요. 이 근처에서 일하셨나요?"

"네, 바샤미치역 앞에 있는 곳이에요."

"거기 혹시 호텔처럼 호화로운……."

그때 갑자기 가게 문이 열렸다.

아카네는 서둘러 손님에게 인사했다.

"어서 오세요. 좋은 아침입니다."

아기띠를 한 아기 엄마였다. 나이는 서른 정도로 보였다. 화장기 없는 얼굴에 마스크를 쓰고 있었지만, 어깨 길이의 머리칼은 윤기가 흐르는 데다 피부도 깨끗하고 얼굴도 예쁘장한 사람이었다.

얇은 다운 점퍼 소매에 부착된 몽클레르 로고가 반짝거렸다. 미용실에서 본 잡지에서 미나토구•의 셀럽맘이라는 사람이 입고 있었던 약 20만 엔 정도 하는 고급 명품 다운 점퍼였다. 처음 보는 손님이네……. 아카네는 속으로 아기 엄마에게 셀럽맘이라는 별명을 붙였다.

셀럽맘은 빨랫감으로 뚱뚱해진 검은색 나일론 백을 어깨에 메고 있었다. 가게에 들어와 한가운데에 떡 멈춰 서더니 당황스러울 만큼 날카로운 표정을 지었다.

"뭘 도와드릴까요?"

아카네는 여느 때와 다름없이 말을 걸었다.

"저기, 세탁기 어떻게 쓰면 되죠?"

셀럽맘이 화가 난 듯한 목소리로 물었다.

"아, 세탁기와 건조기 그리고 일체형 세탁건조기, 이렇게 세

• 일본 도쿄도에 속하는 특별구 중 하나.

종류가 있는데 어떤 걸 쓰시겠어요?"

"세탁건조기요."

셀럽맘이 냉큼 대답했다.

"그러면 이쪽으로 오시겠어요? 세탁건조기 사용법은 아주 간단해요. 빨래를 넣고 동전만 넣으면 자동으로 세제량을 조절해서 세탁과 건조까지……."

"잠깐만요, 자동으로 세제량을 조절한다고요? 그럼 세제 선택이 안 된다는 거예요?"

셀럽맘이 말을 자르고 날선 투로 물었다.

"아, 네. 안에 전용 세제가 들어 있어서 일부러 세제를 사서 넣을 필요가 없어요."

"지금 그걸 물어본 게 아니잖아요!"

대체 왜 이렇게 화가 난 걸까. 아카네는 난처해져서 셀럽맘의 얼굴을 바라봤다.

"아니, 됐어요. 지금은 바쁘니까 그냥 쓸게요."

그렇게 말하더니 셀럽맘은 커다란 나일론 백의 지퍼를 확 열었다. 그 안에는 빨래가 잔뜩 담겨 있었다. 보통 빨래가 든 가방은 부피에 비해 가볍기 마련인데 그 가방은 상당히 무거워 보였다.

"그럼, 이용하시다가 무슨 일 있으면 언제든지 불러주세요."

다른 사람에게 빨래를 보이기 싫을 것 같아 서둘러 시선을 돌리려고 하는데, 날 선 목소리가 돌아왔다.

"걱정하지 마세요. 옆에서 그렇게 눈치 안 줘도 천 기저귀 같은 걸 세탁하러 온 게 아니니까."

이번에는 아카네도 벙찌고 말았다.

"그, 그런 생각한 적 없는데요."

반사적으로 고개를 크게 내저었다.

기본적으로 이용 규칙이 느슨한 이 코인 세탁소에서도 분명 세탁이 불가한 종류는 있었다. 예를 들면 천 기저귀나 반려동물 털이 붙은 것 등이 그랬다. 하지만 가게 안에 늘 아카네나 마나가 있어서인지 지금까지 실제로 그런 걸 세탁하러 온 사람을 본 적은 없었다.

"집에 있는 세탁기가 갑자기 고장 나버렸어요."

셀럽맘은 누구에게랄 것도 없이 그렇게 말하고는 가방을 뒤집어서 안에 든 빨래를 드럼통 안에 전부 쏟아부었다. 그때 툭, 하는 소리가 났다.

"앗."

민망하다는 듯이 드럼통 안에서 끄집어낸 것은 '무첨가 자연 비누'라고 적힌 액체 세제 용기였다.

셀럽맘이 멘 아기띠에는 귀여운 아기가 새근새근 잠들어 있었다.

"이거, 누가 두고 갔는데요~"

비어 있는 세탁기가 얼마 없을 즈음, 돈키호테 매장 비닐봉지를 손에 든 켄고가 아카네를 불러 세웠다.

"고마워. 어? 오늘 학교는?"

"그런 것 좀 묻지 마세요, 엄마도 아니고. 오늘 수업은 4교시부터예요."

켄고가 실소했다.

그때 이후로 켄고는 보통 일주일에 한 번, 평일 저녁에 와서는 세탁건조기가 다 돌아갈 때까지 핸드폰을 보면서 시간을 때우다 빨래를 챙겨 돌아갔다. 오전 중에 보는 일은 드물었다. 지나가다가 채팅 삼매경에 빠져 히죽거리는 얼굴을 본 적도 있으니, 제법 즐겁게 학교생활을 만끽하고 있는 모양이었다.

켄고가 건네준 것은 염색하지 않은 원단으로 만들어진 작은 양말 한 짝이었다. 양말목 부분이 약간 줄어들어 있었다. 아까 셀럽맘이 안고 있던 아기의 얼굴이 떠올랐다. 양말의 바닥 부분에는 '사사다 리리카'라고 적혀 있었다.

'이름이 리리카구나.'

인형처럼 생긴 아기에게 딱 어울리는 예쁜 이름이었다.

요코하마 코인 세탁소에서는 손님들이 깜빡 두고 간 물건이 있으면 투명 비닐에 넣어 작업대 위에 있는 분실물 보관함에 넣어두었다. 아기 양말을 담은 비닐 입구를 상품처럼 깔끔하게 테이프로 봉해서 보관함에 넣은 다음 시계를 보자, 이제 막 오전 11시였다.

"마나 씨, 잠깐만요."

스태프 공간으로 들어가 말을 걸자 세탁 대행 빨래를 개고 있던 마나가 고개를 들었다.

"아카네 씨, 내일 혹시……."

"아까 왔던 손님 말인데요……."

동시에 말을 꺼낸 두 사람은 서로를 마주 보았다. 마나가 풉, 하고 웃음을 터트렸다.

"먼저 말씀하세요. 일 얘기죠?"

"아, 네. 저기, 아까 아기를 안고 왔던 손님이 세탁기 안에 아기 양말을 흘리고 가셨더라고요. 혹시 마나 씨가 있을 때 오시면 얘기 좀 해주세요."

"아기 양말요? 아까 그 아기 엄마, 정신없어 보이더니 세탁기 안을 제대로 확인 안 하고 갔나 보네요. 알겠어요. 오시면 말씀드릴게요."

마나가 고개를 끄덕였다.

"그럼, 부탁드릴게요. 아마 성함이 사사다 씨일 거예요. 양말에 적혀 있더라고요. 그런데 내일은 왜요?"

아카네가 궁금하다는 표정으로 물었다. 내일은 수요일이라 요코하마 코인 세탁소의 정기 휴일이었다.

"혹시 시간 괜찮으면 야토자카에 같이 가볼래요? 클리닝 다카오카에서 다림질 교실이 열리거든요."

야토자카는 오카모토 씨와 마주쳤던 이탈리안 레스토랑이 있는 곳이었다. 그 생각을 하자 잠깐 얼어붙었다.

"다림질, 관심 있어요!"

그러나 자신도 놀랄 만큼 입에서 긍정적인 대답이 튀어나왔다.

"잘됐네요. 원래 세탁기능사 시험을 치려는 사람들에게 와이셔츠 다림질을 가르치는 수업인데 올바른 다림질 방법을 잊어버리지 않도록 저는 요즘도 가끔 나가요. 아카네 씨에게도 전문가의 기술을 직접 볼 수 있는 좋은 기회가 될 거예요."

마나의 말에 안도감이 퍼지면서 가슴이 따뜻해졌다. 이유가 뭘까 생각하다 문득 깨달았다.

"마나 씨가 그렇게 말해주니까 기뻐요."

"네? 뭐가요?"

마나가 눈을 동그랗게 떴다.

"전문가의 기술을 볼 수 있는 좋은 기회라고 하신 거요."

"그냥 제 생각을 얘기한 것뿐인데. 좀 이상하게 들렸나요?"

마나가 고개를 살짝 기울였다.

"아, 아뇨. 이상하게 안 들렸어요. 전혀 이상하지 않아요. 죄송해요."

이상한 말을 한 사람은 자신이었다. 아카네는 당황해서 고개를 좌우로 흔들었다.

전 직장에서는 일에 시달리는 자신에게 어딜 같이 가자고 말을 걸어준 사람이 한 명도 없었다. 게다가 다림질을 배워보고 싶다고 얘기했다가는 틀림없이 신부 수업이라도 받느냐는 조롱이 돌아왔을 것이다.

하지만 마나가 말한 다림질 교실은 전문 자격증을 따기 위한 실기 수업이었다. 그런 세계를 엿볼 수 있다니 기대되었다.

"그럼, 내일 같이 가요. 아, 맞다. 아까 아기 양말 얘기했을 때 말하는 걸 깜빡했는데."

마나가 아카네와 눈을 맞추었다.

"네, 말씀하세요."

"혹시 그 손님을 만나더라도 절대 사사다 씨라고 부르지 않는 게 좋겠어요."

아차 싶었다.

"하긴 그렇네요. 직원이 분실물 양말에 적힌 이름을 알고 있다고 생각하면 누구든 기분이 좋진 않을 것 같네요. 조심할게요."

피부에 닿는 빨래는 아주 사적이고 타인에게 보이고 싶지 않은 경우가 많아서 코인 세탁소의 직원은 손님과 적당한 거리감을 유지하는 게 중요했다. 특히 그 셀럽맘은 그런 문제에 예민해 보였다. 하마터면 실수할 뻔했다고 아카네는 스스로에게 주의를 주었다.

이튿날, 아카네와 마나는 모처럼 차이나타운에서 만나 함께 점심을 먹고 목적지로 향했다. 수도 고속도로의 고가도로 아래에 흐르는 큰 강을 건너 모토마치 쪽으로 가서, 교통량이 많은 강변길을 따라 걸었다. 한 블록 안쪽으로 들어서면 고급 슈퍼마켓과 핸드백숍, 액세서리숍, 앤티크숍 등이 즐비한 모토마치 쇼핑가가 나왔다.

새하얀 늑대처럼 생긴 대형견을 두 마리나 거느린 여자가 씩씩하게 강변길을 산책하고 있었다. 아카네는 난생처음 보는 개들과 산책 중인 여자를 스쳐 지나가면서 다운 패딩 조끼의 가슴팍에 붙은 낯익은 몽클레르 로고를 발견했다. 그러자 어제 왔던 셀럽맘이 잠깐 떠올랐다. 어쩌면 셀럽맘은 이 근처에 사는 주민일지도 몰랐다.

프랑스 산•의 공원이 보이기 시작할 즈음, 야토자카 언덕에 올랐다. 마나와 보폭을 맞춰 천천히 걸어갔다. 기온이 높고 바람도 잔잔했다. 언덕길을 조금 걸었을 뿐인데 숨이 찼다. 오른쪽에 리스토란테 다카오카가 보였다.

마나가 불쑥 멈춰 섰다. 레스토랑 문에 'CLOSED' 팻말이 걸려 있었다.

"오늘은 쉬는 날인가 보네요. 다음에 꼭 같이 와요!"

"네, 그래요."

이렇게 나란히 걷고 있으니 지난 3월의 일들이, 망했다는 말을 반복했던 날들이 꿈처럼 느껴졌다. 아카네는 그날 밖으로 나가길 정말 잘했다고 다시금 생각했다.

"여기가 클리닝 다카오카예요. 리스토란테 다카오카랑 아주 가깝죠?"

마나가 발걸음을 멈춘 곳은 자동문 너머로 카운터만 보이는 복고풍 분위기의 전형적인 동네 세탁소였다. 여기도 오늘은 쉬는 날인지 가게 내부의 전등이 꺼져 있었다.

"미쓰루 선생님, 계세요? 저, 아라이예요."

마나가 무인 카운터 안쪽을 향해 외치자, "네~" 하는 소리가 들려왔다. 곧 아담한 체격의 남자가 모습을 드러냈다.

• 요코하마에 있는 실제 산 이름.

"아라이 씨, 어서 오세요. 기다리고 있었어요."

마나와 비슷한 키에 20대 초반으로 보이는 남자였다.

"오늘 다른 분은 몸이 안 좋아 못 오신다고 하셔서, 일대일 과외가 될 것 같아요. 아, 이분이 견학하러 오신다는 그분인가요? 처음 뵙겠습니다. 다카오카 미쓰루입니다."

주름 하나 없는 새하얀 티셔츠에 청바지, 살짝 색이 바래기는 했어도 갓 세탁한 듯 깔끔하고 각이 잡힌 회색 앞치마에서 연륜이 느껴졌다.

남자의 얼굴을 확인한 아카네는 설마, 하고 헛숨을 들이켰다.

"저기, 혹시 리스토란테 다카오카의……?"

눈앞에 있는 사람이 조금 전 지나친 레스토랑의 셰프로밖에는 보이지 않았다.

"아, 리스토란테 다카오카 손님이셨군요. 거기 셰프가 제 쌍둥이 동생인 오사무예요."

"쌍둥이 동생분이셨군요! 얼마 전 처음 가봤는데 혼자서도 편안하게 먹을 수 있는 분위기 좋은 레스토랑이더라고요. 음식도 아주 맛있었어요."

뭐야, 그런 거였구나 하고 안도의 한숨을 내쉬었다.

"저희는 키랑 체중까지 똑같은 일란성쌍둥이거든요. 저랑 오사무도 어릴 때 사진을 보면 어느 쪽이 자기인지 못 알아볼 정도예요."

미쓰루는 소탈하게 웃더니 "참, 성함이 어떻게 되시죠?"라고 정중하게 물어왔다.

"나카지마 아카네예요."

"나카지마 씨군요. 앞으로 잘 부탁드립니다. 오늘은 저희 셋밖에 없으니 특별히 다림질실로 초대할게요."

미쓰루가 안내하는 대로 가게 안쪽으로 향했다. 약 7평 정도 되는 좁은 공간의 한쪽 벽에는 수많은 옷이 행거에 걸려 있었다. 아마도 손님이 맡긴 옷들 같았다. 와이셔츠, 원피스, 아우터 등 종류별로 가지런히 정리되어 있었다. 맞은편 벽에는 기계실처럼 많은 금속관이 지나가고 있었다. 거기에 전선과 금속관 등으로 이어진 두 대의 다리미가 천이 씌워진 다리미판 위에 놓여 있었다.

"거기서 봐주시겠어요? 이건, 오늘 제가 입으려고 하는 셔츠예요. 디자인이 살짝 캐주얼하긴 해도 100프로 면에다 입체적인 패턴으로 만들어져서 와이셔츠를 다림질하는 요령에 대해 충분히 참고하실 수 있을 겁니다."

미쓰루가 손에 든 하늘색 셔츠는 눈에 띄는 주름은 없지만 어딘가 모르게 낡은 느낌이 들었다. 예쁜 하늘색이 칙칙해 보였다.

"우선 이 목면 셔츠의 주름을 펴려면 무엇보다 적당한 열과

수분이 중요합니다. 이대로는 절대 못 입겠다 싶을 정도로 물을 듬뿍 뿌려주세요."

미쓰루가 스테인리스 재질의 분무기로 셔츠에 물을 뿌렸다. 구석구석 꼼꼼히 적신 후 셔츠를 손안에 쏙 들어올 만큼 작게 개기 시작했다. 우동 반죽을 치대듯이 열심히 야무지게 접었다. 미쓰루의 때 이른 하얀 반팔 티셔츠 아래로 생각보다 탄탄한 위팔이 드러났다.

"이렇게 해서 셔츠 전체에 물기를 스며들게 한 다음 주름을 천천히 펴서……."

손바닥을 활짝 펴서 셔츠의 표면을 쓸었다. 그런 다음 다리미를 집어 들었다.

"어디 보자. 어디부터였지? 오늘따라 긴장이 되네. 아, 맞다. 소매부터 시작합니다."

아카네를 향해 장난스러운 미소를 지어 보인 것은 그 순간뿐이었다.

미쓰루의 손에 들린 다리미가 셔츠의 표면 위로 미끄러졌다. 다리미가 지나간 뒤의 하늘색 천은 마치 거울처럼 매끄러운 광택이 흘렀다. 집에서 다림질할 때처럼 다리미의 열과 무게를 이용해 불도저가 황무지를 고르듯 저돌적으로 밀어붙이는 방식과는 전혀 달랐다. 미쓰루의 다리미는 날개 달린 듯 가볍게 셔츠의 뒷면과 앞면, 복잡한 바느질선을 따라 똑바로 나아갔다. 왠지 촌스러워 보였던 하늘색 목면 셔츠는 고작 몇 분 만에 실크처럼 광택을 발했다. 꼭 마법 같았다.

"자, 이제 다 됐습니다."

미쓰루가 다리미를 내려놓은 뒤 앞치마를 벗고 셔츠를 걸쳤다. 소매 단추를 잠그고 안에 입은 티셔츠가 보이도록 앞 단추를 세 개 정도 풀어놓았다.

"……와. 아까랑은 완전 딴사람이 됐네요."

아카네가 무심코 중얼거렸다.

주름 하나 없는 새하얀 티셔츠 차림도 장인답고 깔끔해 보이기는 했다. 하지만 이 지극히 평범한 하늘색 셔츠는 적당히 세련되면서도 기품이 느껴졌다. 무엇보다 성실해 보이는 미쓰루에게 잘 어울렸다.

"제 다림질 솜씨가 얼마나 뛰어난지 이제 아셨습니까?"

미쓰루가 익살맞게 웃었다.

"어머, 죄송해요!"

꽤나 무례한 말을 했다는 걸 깨닫고 얼굴이 확 달아올랐다.

"아뇨, 괜찮습니다. 그런 식으로 칭찬받는 거 아주 좋아합니다."

미쓰루가 웃음을 터트리자 주름 하나 없는 하늘색 셔츠도 은은한 빛을 내며 함께 너울거렸다. 아카네는 넋을 잃고 그 모습을 바라보았다.

"다림질이란 거, 굉장하네요."

"미쓰루 선생님의 다림질 기술은 일본 제일이라고 해도 과언이 아니에요. 미쓰루 선생님이 아니면 셔츠 다림질은 안 맡긴다는 고객분도 많아요."

마나가 자랑스러운 듯 미쓰루의 얼굴을 보면서 말했다.

"아라이 씨, 허풍이 너무 심한 거 아닙니까? 에비하라 할머니 같은 분이 몇 분 있는 정도라고요."

얼굴을 붉힌 미쓰루가 아카네가 모르는 사람의 이름을 언급하며 머리를 긁적였다. 두 사람이 사이좋게 자기들만 아는 이야기를 하자 아카네는 살짝 서운해졌다.

"연습용 와이셔츠를 준비해뒀으니 아라이 씨도 한번 해보세요."

"네, 알겠습니다."

미쓰루 옆에서 마나가 긴장한 얼굴로 고개를 끄덕였다.

"아라이 씨, 실력이 꽤 늘었네요. 우리 가게에서 바로 일해도 되겠어요. 하긴, 요즘은 이렇게 손으로 직접 다림질하는 세탁소가 아주 드물지만요."

미쓰루는 마나가 다림질한 와이셔츠를 손에 들고 만족스러운 표정으로 끄덕였다.

마나는 무슨 일이든 아주 성심성의껏 했다. 어떤 일을 하든 모든 과정마다 가만히 멈춰 서서 다음에 뭘 해야 할지 머릿속으로 생각하고 있는 것이 옆에서도 고스란히 느껴졌다. 잠깐 멈추어 선다고 해도 수 초에 불과했다.

세탁기능사 실기 시험의 제한 시간인 10분에 맞춰 스톱워치를 설정해놓았지만, 마나가 모든 작업을 마쳤을 때는 2분 가까이 남아 있었다. 마나가 다림질한 와이셔츠는 복사 용지처럼 매끄럽고 반듯했다. 틀림없이 이 와이셔츠를 입으면 짜릿할 만큼 의욕이 샘솟을 것이다. 딱 마나다운 다림질이었다.

"다림질은 다 손으로 하지 않나요?"

아카네가 물어보았다.

"요즘 대부분의 세탁소에서는 프레스 기계를 쓰고 있어요. 상반신 모형이 달린 기계에 젖은 와이셔츠를 씌우고 스팀으로 주름을 제거하죠. 물론 저희 가게에도 있어요. 기계로 하면 금방 되니까 작업 속도가 중요한 세탁소에는 필수품이죠."

미쓰루가 옆방을 가리켰다. 들여다보니 작업대 위에 상반신 마네킹이 달린, 누가 봐도 공장을 떠올릴 만한 생김새의 기계가 놓여 있었다.

"나카지마 씨도 다림질 한번 해보시겠어요?"

"네? 아, 아뇨. 전 됐어요. 오늘은 그냥 견학하러 온 거라. 그리고 저는 정말 손재주가 없거든요."

아카네는 자기도 모르게 몹시 당황했다.

흔하디흔한 캐주얼한 디자인의 면 셔츠를 실크처럼 광택

이 나게 하는 미쓰루. 낡고 구깃구깃한 와이셔츠를 완벽하게 다림질해내는 마나. 거기에 앞날이 막막해 뭘 하며 살아야 할지 여전히 갈피를 못 잡고 있는 자신이 다리미에 손을 댄다면 가뜩이나 주름투성이의 와이셔츠를 더 구깃구깃하게 엉망으로 만들어버릴 것이 분명했다. 부동산 회사에 들어간 지 얼마 안 되었을 무렵, 집에서 와이셔츠를 다림질했던 기억이 문득 떠올랐다.

"처음부터 잘하는 사람은 없어요. 제가 기초부터 가르쳐드릴게요."

미쓰루가 아카네를 올려다보았다.

"아뇨, 그냥 안 할래요! 아직 마음의 준비가 안 됐어요."

"다림질하는 데 마음의 준비까지 필요해요?"

미쓰루와 마나가 마주 보더니 동시에 소리 내어 웃었다.

"아카네 씨, 참 재미있는 분이시죠? 아카네 씨가 오고 나서 요코하마 코인 세탁소가 훨씬 밝아졌어요."

마나의 말이 가슴속에 스며들었다.

"어쩐지 오늘 클리닝 다카오카가 평소보다 환하다 싶었어요."

미쓰루가 아카네를 보며 웃었다. 두 사람의 칭찬에 긴장했던 것도 잊고 그냥 한번 해볼까 하고 마음의 추가 기울던 순간, 별안간 하늘에서 우르릉하는 심상치 않은 소리가 울려 퍼졌다.

"천둥소리…… 같은데요?"

미쓰루가 창밖을 내다봤다. 후드득 하고 굵은 빗줄기가 유리창을 때리는가 싶더니 기세 좋게 쏟아지다가 순식간에 폭포수 같은 장대비로 바뀌었다.

"큰일이네요! 일기예보를 제대로 확인하고 올 걸 그랬어요. 원래 매일 아침에 꼭 챙겨 보는데 오늘은 쉬는 날이라 그냥 나왔거든요."

마나가 난처한 표정을 지었다.

"오늘 비 소식은 없었어요. 아마 소나기가 아닐까 싶은데 그래도 제법 많이 오네요. 우산은 갖고 오셨어요?"

미쓰루가 마나와 아카네를 번갈아 보았다.

"……하긴 그럴 리 없겠죠."

"죄송한데 우산 좀 빌려주시겠어요? 내일 바로 돌려드릴게요."

마나가 미안한 얼굴로 물었다. 근처에는 우산을 사러 갈 만한 가까운 편의점이 없었다.

"괜찮으시면 요코하마 코인 세탁소까지 태워다 드리겠습니다."

미쓰루는 한 박자 늦게 "안 그래도 일이 있어서 외출하려던 참이었거든요" 하고 덧붙였다.

미쓰루의 차는 '클리닝 다카오카'라고 적힌 커다란 왜건이었다. 낡기는 했어도 세탁소 차량답게 차체와 차창 전부 깨끗하게 닦여 있었다. 차 안에도 먼지 한 톨 없었다. 아카네는 뒷좌석에 마나와 나란히 올라탔다.

"동생 오사무는 어렸을 때부터 고기라면 사족을 못 썼어요. 여러 종류의 고기를 사다가 직접 요리하고 메모하면서 먹었죠. 초등학생 때는 세뱃돈을 모아서 백화점 지하 식품 매장에 최고급 마쓰자카규•를 100그램만 사러 간 적도 있었다니까요. 참 유별나죠?"

미쓰루가 운전하는 차가 리스토란테 다카오카 앞을 지나갔다.

"마쓰자카규!"

마나와 마주 보며 웃었다.

"부모님도 그만큼 좋아하는 게 있다는 건 좋은 일이라면서 열심히 응원해주셨어요. 오사무는 전문대에서 이탈리아 요리에 눈을 뜨더니 그때부터 재능이 폭발했어요. 시내에 있는 일류 레스토랑에 들어간 지 얼마 안 돼서 부주방장, 프랑스어로는 수셰프가 됐죠. 저 가게도 거기 오너셰프가 밀어줘서 2년 전에 독립해서 차린 거예요."

• 일본 3대 고급 소고기.

아카네는 듣다가 고개를 갸우뚱했다. 이탈리안 레스토랑에서 어엿한 셰프가 되려면 보통 10년 가까이 걸린다고 어디서 읽은 적이 있었다. 오사무와 미쓰루를 20대 초반 정도라고 멋대로 추측했는데 실제 나이는 적어도 30대 전후인 모양이었다.

하긴 미쓰루의 다림질 실력이나 자연스럽게 주위를 배려하는 모습을 생각하면 아카네보다 나이가 적을 리 없었다. 미쓰루와 오사무 둘 다 체격이 작아서인지 실제 나이보다 훨씬 젊다고 착각해버린 것이다. 왠지 미안했다.

"그렇게 고기를 좋아하는데 왜 스테이크 전문점을 안 차리고요?"

마나가 물었다.

"저도 그렇게 생각했죠. 그런데 본인 말로는 소고기뿐 아니라 돼지고기나 닭고기, 오리고기, 양고기도 좋아하니까 어떤 고기도 메인으로 만들 수 있는 이탈리아 요리를 마스터하고 싶었다고 하더라고요."

"아아, 그랬군요. 나름대로 생각한 바가 있었네요."

"아라이 씨는 어떤 고기를 가장 좋아하세요? 오사무랑 자주 하는 얘기거든요."

"전 돼지고기를 제일 좋아해요. 규동보다는 부타동을 더 좋아해요. 예전에 백화점의 홋카이도 특산품 전에서 도카치부타•로 만든 부타동을 처음 먹어봤는데 달콤하면서도 매콤한 소스와 고기의 궁합이 환상적이어서 감동했던 적이 있어요."

마나가 신이 나서 대답했다. 아카네는 갑자기 부타동이 먹고 싶어졌다.

"나카지마 씨는요?"

"어, 글쎄요. 저는…… 양고기요. 양갈비를 제일 좋아하는데 파는 음식점이 잘 없더라고요."

평소에 생각해본 적이 없어서 떠오르는 대로 대답했다. 마나가 바로 맞장구를 쳤다.

"양고기도 맛있죠. 아까 말했던 홋카이도 특산품 전에서 처음으로 징기즈칸••을 먹어봤거든요. 고춧가루가 들어간 매콤한 소스 맛이 얼마나 기막히던지……."

"마나 씨는 홋카이도 음식을 좋아하시는군요."

셋이 같이 웃고 떠드는 동안 차는 어느새 수도 고속도로의 고가도로를 벗어나 차이나타운 입구가 보이는 곳까지 와 있었다. 거리를 오가는 행인들에게 시선을 돌리니 대부분 편의점에서 조달한 것으로 보이는 비닐우산을 쓰고 있었다. 개중에는 체념한 듯 물에 빠진 생쥐처럼 온몸이 흠뻑 젖은 채 걸어가는 사람도 보였다.

• 홋카이도에서 방목해 키운 돼지.

•• 홋카이도식 양고기 요리.

신호등이 빨간색으로 바뀌었다. 어떤 여자가 핸들 사이에 유아용 안장이 달린 전기자전거를 타고 바로 앞에 있는 건널목을 지나갔다. 우산을 쓰지 않아 어깨 길이의 머리칼이 수영장에 뛰어들기라도 한 듯 푹 젖어 있었다.

"어, 저 사람 저러면 위험할 텐데? 저 앞에 아기 안고 있는 여자요. 거기다 저렇게 큰 짐까지 들고……."

미쓰루가 중얼거렸다.

그 말에 다시 앞을 보자 여자는 아기를 비에 맞지 않게 하려고 품에 안은 채 코트의 단추를 잠근 상태였다. 심지어 나일론 재질의 커다란 검은 가방을 어깨에 메고 자전거 핸들을 위태롭게 쥐고 있었다. 저 상태로 넘어지기라도 한다면 크게 다칠 것이 분명했다.

문득 아카네의 뇌리에 어제의 기억이 스쳤다. 나일론 재질의 커다란 검은 가방. 게다가 어깨에 달린 저 로고……. 낯이 익었다. 셀럽맘이었다.

"마나 씨, 저 사람, 그 아기 양말 손님이에요!"

사사다 씨라고도 셀럽맘이라고도 부를 수 없어서 그렇게 말했다.

"네? 아는 사람이에요? 그럼 차에 타라고 하세요. 저러고 가는 건 너무 위험해서 도저히 못 보겠어요. 자전거는 근처 거치대에 세워둬야 하겠지만……."

미쓰루가 힐끔 뒤를 돌아보았다.

자전거를 타고 가다가 갑자기 비가 내리는 바람에 유아용 안장에 태웠던 아기를 급하게 품에 안고 가는 모양이었다. 셀럽맘이 잡고 있던 자전거 핸들이 흔들렸다. 순간 심장이 철렁 내려앉았다.

"엇, 아카네 씨……."

미쓰루의 목소리가 들린 것 같았지만 머리보다 몸이 먼저 움직였다. 정신이 들었을 때는 이미 차에서 내려 장대비 속을 뛰어가고 있었다.

요코하마 코인 세탁소의 자동문을 열고 들어가 전등 스위치를 눌렀다. 영업 중으로 보이지 않게끔 롤스크린을 반쯤 내려두었다. 아카네의 품속에서 고양이 귀가 달린 작은 니트 모자를 쓴 아기가 밖에 있는 엄마를 발견하고 반갑다는 듯 웃었다.

셀럽맘이 요코하마 코인 세탁소로 오는 중이었다는 얘기를 듣고 모두가 놀랐다. 아까 거기에서 가게가 바로 코앞이었기 때문에 일단 아기와 짐은 차에 태우고 가게에서 만나기로 했다.

"세탁이 끝난 후에도 비가 안 그치면 댁까지 모셔다드릴 테니 나중에 전화하세요."

가게 앞에 자전거를 세우고 안으로 들어온 셀럽맘은 마나가 내어준 타월로 흠뻑 젖은 몸을 닦으며 미쓰루의 제안에 말도 안 된다는 듯이 단호하게 고개를 저었다.

"말씀은 감사하지만, 이제 괜찮아요."

"아기를 안고 이 빗속에 자전거를 타고 가는 건 괜찮지 않습니다."

미쓰루가 걱정스러운 표정을 지었다.

"우산 사서 쓰고 가면 돼요."

"우산 쓰고 한 손으로 자전거를 운전하면 위험합니다."

"그럼 비옷을 사서 입고 갈게요."

"그건 다음에 시간 있을 때 좋은 걸로 사세요."

미쓰루는 눈썹을 늘어뜨리며 웃더니, "전 오늘 아무 일정도 없어서 집에 있을 예정이니 진짜 편하게 전화하셔도 됩니다" 하고 신신당부한 뒤 돌아갔다.

아까는 분명 일이 있다고 들었던 것 같은데, 하고 생각하던 아카네는 미쓰루가 마나와 자신을 상당히 배려해주고 있었다는 사실을 깨달았다.

셀럽맘이 몽클레르 다운 점퍼를 벗자 바닥에 물방울이 후드득 떨어졌다. 비싼 다운 점퍼답게 발수가공이 잘되어 있는지 놀랄 만큼 물방울이 튀었다.

"여기로 오시는 중이었다니 어떻게 이런 우연이……. 아까 거기서 만나 정말 다행이에요. 모처럼 와주셨는데 가게가 닫혀 있었다면…….”

“그랬다면 암담했을 거예요. 저 때문에 일부러 열어주시고, 고맙습니다.”

창백한 얼굴로 그렇게 말한 셀럽맘은 가방 속에 담긴 옷들을 세탁건조기에 던져 넣었다. 오늘은 아기 외투가 들어 있었다. 비에 젖어 꽤 묵직해 보였다. 이걸 어깨에 메고 자전거를 운전하다니 얼마나 힘들었을까.

셀럽맘이 투입구에 100엔짜리 몇 개를 밀어 넣자 세탁건조기가 돌아갔다.

“커피 한잔 드릴까요?”

마나가 묻자 셀럽맘은 고개를 좌우로 흔들었다.

“카페인은 자제하고 있어요.”

“그렇군요, 죄송해요. 그럼 물을 드릴까요?”

“물이요? 아뇨, 괜찮아요.”

셀럽맘은 아기를 받아 들더니 꼭 끌어안듯 몸을 움츠렸다.

“안 그래도 미네랄워터가 거의 떨어져가니까 지금 사 올게요. 경수와 연수 중 어떤 게 좋으세요?”

셀럽맘은 의아한 표정을 짓더니, “……경수요” 하고 대답했다.

“경수는 에비앙이나 콘트렉스 같은 거죠? 아카네 씨, 잠시 다녀올 테니 가게 좀 부탁해요.”

마나가 스태프 공간에 있던 우산을 손에 들고 밖으로 나갔다. 남겨진 아카네는 가게를 지키는 일 외에 정말 아무것도 할 게 없었다. 한동안 셀럽맘과 함께 말없이 세탁건조기가 돌아가는 소리를 듣고 있었다.

"여긴 수요일이 쉬는 날이군요. 기억해놔야겠어요."

셀럽맘이 먼저 말문을 뗐다.

"네. 일주일에 한 번, 수요일만 쉬어요."

"전 에스테틱숍……에서 피부 관리사로 교대 근무를 하는데 쉬는 날마저 애를 어린이집에 맡길 수는 없어서 어제랑 오늘 아침부터 애를 데리고 밀린 볼일을 보러 뛰어다녔어요."

그렇게 말하고는 품에 안은 아기를 다정한 눈빛으로 바라보았다. 까칠한 이미지 그 자체였던 셀럽맘이 이렇게 상냥한 표정도 짓는구나 싶어서 좀처럼 시선이 떨어지지 않았다.

"아, 맞다. 어제 오셨을 때 두고 가신 물건이 있어요."

아카네는 짝, 하고 손뼉을 치며 말했다. 작업대 위에 놓인 분실물 보관함 안에서 작은 양말이 든 비닐봉투를 꺼내 보여줬다.

"이거예요. 이쪽에 성함도 적혀 있던데, 맞나요?"

"아……."

셀럽맘의 표정이 흐려졌다. 잃어버린 물건을 찾은 사람의 반응치고는 미적지근했다.

"아, 혹시 손님 물건이 아닌가요?"

셀럽맘은 미간에 주름을 모으고는 "아뇨, 맞아요. 우리 애 양말이에요. 고맙습니다" 하고 딱딱한 목소리로 말했다.

"다행이네요. 그럼, 이거 이 검은 가방에 넣어놓을까요? 아 참, 제가 손님 가방에 멋대로 손대면 실례니까. 어, 어떻게 하지……."

셀럽맘의 얼굴이 왜 갑자기 어두워졌는지 몰라서 꽤 당황스러웠다. 셀럽맘은 그런 아카네를 보고 작게 한숨을 쉬고는 "죄송해요" 하고 중얼거렸다.

"그건 전남편 성이에요. 지금 우리 둘의 성은 가미야고요. 전남편 성이 적힌 물건은 다 제 성으로 바꿔놓은 줄 알았는데 양말 바닥에 적혀 있는 것까지는 미처 생각 못 했네요."

"그러셨군요."

한마디로 말해서, 이혼한 지 얼마 안 되었다는 얘기였다.

"세탁건조기가 고장 났다는 것도 실은 거짓말이에요. 애랑 둘이 이사한 집은 낡은 아파트라 세탁기를 놓을 만한 곳이 비가 들이치는 바깥 복도밖에 없더라고요. 이사하고 나서야 전에 살던 집에서 가져온 세탁건조기를 놓을 수 없다는 사실을 알고 얼마나 낙담했는지 몰라요."

"집 보러 갔을 때 부동산 회사 직원이 알려주지 않았나요? 아이가 있다는 건 그 사람도 알고 있었죠?"

세탁기를 실내에 놓을 수 없는 집은 여자 고객들이 꺼려 했다. 아무리 마음에 드는 집이라도 그 이유로 거절하는 일이 많아서 아카네가 다니던 부동산 회사에서는 그런 집일 경우 보러 가기 전에 반드시 손님에게 미리 알리게끔 되어 있었다.

"그런 얘긴 못 들었던 것 같아요. 급하게 집을 구하느라 정신이 없어서 제대로 확인하지 못한 제 잘못이죠."

"그런 건 굳이 묻지 않아도 당연히 직원이 알아서 걸러야 하는 게 맞아요. 대체 어느 부동산이에요?"

셀럽맘, 가미야 씨는 눈이 휘둥그레지더니 "니코니코 부동산 야마시타점이요" 하고 전국에 체인점이 있는 부동산 회사 이름을 말했다.

"니코니코예요? 거긴 이제 막 입사해서 아무것도 모르는 신입 사원한테도 영업을 맡기더라고요. 까다롭게 굴고 의사 표현이 확실한 손님한테는 제대로 된 경력 사원을 붙이는 것 같지만요."

"부동산 업계에 관해서 잘 아시네요."

가미야 씨가 감탄한 듯한 표정을 지었다.

"예전에 그쪽 업계에서 일했거든요."

사실을 입 밖으로 꺼내고 나니 가슴 한구석이 서늘해졌다.

"어느 지점에 있었어요?"

"제가 일했던 곳은 절대 가지 마세요."

당황해서 그렇게 대답했더니 가미야 씨가 웃음을 터트리며 “그래서 지금 여기서 일하고 있는 거군요” 하고 말했다.

그때 힘차게 돌아가며 탈수 중이던 세탁기가 멈췄다. 잠시간 침묵. 이제 건조 모드로 바뀔 것이다.

“많이 기다리셨죠? 늦어서 죄송해요. 아직도 비가 억수같이 퍼붓더라고요.”

입구의 자동문이 열리고 오른손에는 페트병이 가득 담긴 묵직해 보이는 비닐봉지를, 왼손에는 햄버거 가게의 갈색 종이봉투를 든 마나가 청바지 끝단이 젖은 채 들어왔다.

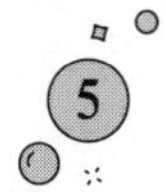

드럼통 안에서 빨래가 가뿐하게 공중제비를 돌았다. 포근하고 향기로운 냄새가 은은하게 감돌았다. 그리고 고소한 감자튀김 냄새도…….

"자, 다들 사양하지 말고 드세요. 감자는 이제 막 튀겨져 나온 거예요."

마나가 종이봉투에서 햄버거와 감자튀김을 하나씩 꺼냈다.

"원래 작업대에서 음식을 먹으면 안 되지만 오늘은 쉬는 날이니까 특별히 예외예요. 아, 물은 콘트렉스로 사 왔어요."

그러고는 커피용 종이컵에 디자인이 독특한 페트병의 물을 따랐다.

"전 괜찮아요. 패스트푸드는……."

가미야 씨가 표정을 굳히며 고개를 가로저었다.

"이 감자튀김으로 말할 것 같으면 튀긴 정도나 소금 간이 기가 막힌데 딱 한 가지 단점이 있어요."

마나가 생긋 웃었다.

"가장 맛있을 때가 막 튀겨져 나왔을 때부터 딱 10분 동안이라는 거. 10분이 지나버리면 그땐……."

뒷말을 잇기 곤란한 표정이었다.

"그래서 서둘러 뛰어온 거예요. 아직 몇 분 남았으니 꼭 드셔보세요!"

마나는 자기가 만든 요리를 권하는 요리사처럼 양손을 펼쳐 감자튀김을 가리켰다. 마나의 옷 여기저기 비에 젖은 흔적이 남아 있었다.

군침이 절로 도는 감자튀김의 고소한 냄새가 사방에 퍼졌다. 가미야 씨가 문득 울 것처럼 얼굴을 일그러뜨렸다.

"전 원래 패스트푸드는 안 먹어요."

괴로운 듯한 목소리로 말을 이었다.

"하지만 오늘은 모처럼 사 오셨으니."

가미야 씨가 감자튀김을 하나 집어 들었다. 그리고 아이처럼 입을 크게 벌려 감자튀김을 한입에 삼켰다.

"……맛있네요."

긴장이 누그러진 목소리에는 습기가 배어 있었다.

"다행이에요. 아카네 씨도 맛있을 때 얼른 드세요."

마나는 아무것도 모른다는 얼굴로 재촉하듯 말했다.

아카네는 서둘러 감자튀김을 입으로 가져갔다. 아직 따끈했다. 뿌려진 소금 알갱이를 씹으니 꽤 짭조름했다. 고소한 기름과 포슬포슬한 감자가 어우러진 감칠맛이 입안에 퍼졌다.

"막 튀겨져 나온 감자튀김, 정말 맛있네요. 몰랐어요."

"열심히 뛰어온 보람이 있네요."

"요코하마 차이나타운역 앞에 있는 가게죠? 다음에 한번 가봐야겠어요."

"네, 꼭 가보세요!"

이렇게 이야기를 나누는 동안에도 감자튀김은 마나의 말처럼 점점 식어서 맛이 변하고 있었다.

"이러고 있으니 왠지 학창 시절이 생각나네요. 하굣길에 친구랑 먹었던 감자튀김이 진짜 맛있었는데. 그때는 수다에 열중한 나머지 식어버린 감자튀김도 그럭저럭 맛있게 먹었어요."

마지막 한 개를 먹어치운 가미야 씨가 아련한 얼굴로 중얼거렸다.

"패스트푸드가 몸에 안 좋은 건 물론 알지만, 가끔 이렇게 아주 맛있게 느껴질 때가 있어서 좀처럼 못 끊겠더라고요."

마나가 흐뭇하게 웃었다. 그러고는 가미야 씨에게 고개를 돌리며 말했다.

"혹시 제가 도와드릴 일은 없나요? 저희 가게에서는 세탁에 관한 거라면 뭐든지 상담해드리고 있어요."

가미야 씨가 의아한 듯 고개를 들었다.

"세탁 상담이요? 그게 뭐예요?"

"세탁과 관련해서 어떤 문제가 생겼을 때 해결 방법을 함께 찾는 거예요."

마나가 조용히 카운터 옆 패널에 적힌 '세탁 상담 무료'라는 글자를 돌아보았다.

"그럼 하나 물어볼게요. 코인 세탁소에서는 옷이 줄어들지 않게 세탁하는 요령 같은 게 따로 있나요?"

가미야 씨가 주머니에서 비닐에 든 분실물 양말을 꺼냈다.

"이거, 줄어들었더라고요. 집에 가서 확인해보니 리리카 옷은 전부 줄어 있었어요. 분무기로 물을 뿌리고 다림질해서 억지로 늘리긴 했지만, 그렇게 하려니 손도 많이 가고 기분도 안 좋더라고요."

가미야 씨가 한숨을 내쉬었다.

"전에 살던 집에서 쓰던 세탁건조기는 이런 식으로 줄어든 적이 없었는데……."

"그 양말 제가 한번 봐도 될까요?"

마나가 분실물 양말을 받아 줄어든 양말목을 살펴보았다.

"만져보니 면 100프로인 것 같네요."

"네, 리리카 옷은 다 100프로 면으로 된 것만 사거든요."

"사실 면은 코인 세탁소의 건조기에 적합하지 않아요. 건조기로 돌리면 잘 줄어들어요."

마나가 죄송하다는 표정으로 말했다.

"네? 말도 안 돼요. 티셔츠나 속옷 그리고 애들 옷도 면 100프로인 거 많잖아요."

가미야 씨가 냉큼 반박했다.

"이 사실을 모르는 분이 아주 많은데 건조기를 돌렸을 때 옷이 줄어든다면 대부분 원단이 문제예요. 울이나 실크 등 면 외에도 줄어드는 원단이 있지만, 면은 평상복에 두루두루 쓰이니까요."

"전에 살던 집에서 쓰던 세탁기는 이렇게 안 되던데……."

가미야 씨는 전에 살던 집, 이라고 말할 때마다 미간을 찌푸렸다.

"가정용 건조기는 면 100프로 원단이 최대한 줄어들지 않도록 저온으로 건조하는 히트펌프 방식을 사용해요. 그 대신 건조 시간이 보통 두세 시간 정도 걸리죠."

"코인 세탁소의 건조기는 그 절반도 안 되는 시간에 끝나는데."

"네, 저마다 장단점이 있어요."

가미야 씨는 생각에 잠긴 얼굴이었다.

"그러면 어떤 원단이어야 코인 세탁소의 건조기에 돌려도 줄어들지 않나요?"

"기본적으로 면 100프로 원단은 반드시 조금씩은 줄어든다고 봐야 해요. 하지만 폴리에스테르나 아크릴 같은 화학 섬유가 일정 비율로 섞여 있으면 주름도 잘 안 생기고 웬만해선 줄어들지 않아요. 그래서 면 혼방 소재가 튼튼하고 오래가죠."

"튼튼하고 오래가는군요."

가미야 씨가 품에 안은 아기를 쓰다듬으며 마나를 가만히 바라보았다.

"네. 물론 면 100프로로 만들어진 옷도 장점이 많아요. 아이가 어릴 땐 역시 피부에 트러블을 일으키지 않는 면 재질이 제일 좋죠. 하지만 아이가 좀 크면 그땐 기준을 약간 낮춰서 튼튼하고 오래가는 화학 섬유 원단을 입히는 것도 괜찮다고 생각해요."

"……그렇군요."

가미야 씨는 고개를 끄덕이더니 한숨 돌리듯 종이컵에 담긴 물을 마셨다.

"콘트렉스는……."

가미야 씨가 말하다 말고 훗, 하고 웃었다.

"감자튀김과는 전혀 안 맞네요. 역시 커피 한잔 주시겠어요? 오늘은 왠지 그러고 싶네요."

"당연히 드려야죠."

마나가 카운터로 뛰어갔다.

"저기, 아까 했던 얘기 말인데요."

가미야 씨가 갑자기 귓속말을 해서 아카네는 내심 놀랐다.

"다음에 이사하게 되면 부동산에 같이 가주지 않을래요? 부동산에서 추천하는 집이 괜찮은지 아닌지 아가씨는 보면 금방 알잖아요."

순간 숨이 턱 막혔다.

"네? 아아, 네. 아무래도……."

모호하게 말끝을 흐리자 가미야 씨가 재미있다는 듯 웃었다.

"2년 후에는 지금 사는 집에서 나갈 수 있도록 열심히 살려고요. 그러니 아가씨도 같이 힘내요."

예상치 못한 말에 깜짝 놀라 가미야 씨를 쳐다보았다.

"자, 여기 커피 나왔습니다."

"고마워요. 갓 내린 커피를 마시는 건 오랜만이라 설레네요. 근데 이 향, 혹시 블루마운틴인가요?"

"잘 아시네요? 커피를 좋아하시면서 지금까지 어떻게 참으셨어요?"

"……그러게요. 생각해보니 제가 매사에 지나치게 방어적으로 살았던 것 같아요."

가미야 씨가 미소 띤 얼굴로 커피를 한 모금 맛있게 마셨다.

"방어적이라……. 어떤 건지 알 것 같아요. 그나저나 비가 그칠 기미가 안 보이는데 슬슬 미쓰루 선생님한테 전화해볼까요? 자전거는 저희 가게에서 보관하고 있을게요."

"아까 그 남자분요? 근데 정말 그래도 될까요?"

"오늘은 아무 일정도 없어서 계속 집에 있을 거라고 하셨잖아요. 괜찮을 거예요."

"……참 좋은 사람이네요."

"네, 미쓰루 선생님은 요즘 시대에 보기 드문 분이에요."

건조 모드에 들어간 빨래가 종이꽃 가루가 흩날리듯 화려하게 돌아가고 있었다.

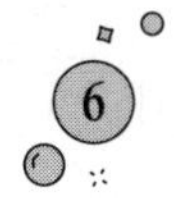

이틀 뒤인 금요일, 마나를 스태프 공간으로 들여보내고 아침부터 경계 태세에 돌입해 있는데 예상대로 오쓰카가 찾아왔다.

"아카네 씨, 좋은 아침. 커피 한잔 부탁해."

오쓰카는 스포츠백 속에 든 빨래를 세탁건조기에 던져 넣은 다음 카운터 테이블에 앉아 맥북을 펼쳤다.

"안녕하세요."

제가 도울 일은 딱히 없어 보이네요, 하고 마음속으로 중얼거리며 영업용 미소를 띤 채 카운터에서 커피를 내렸다.

"근데, 오늘은 마나 씨가 안 보이네?"

기껏 커피를 내려서 갖다줬더니 못마땅한 얼굴로 오쓰카가 물었다.

"지금은 가게에 안 계세요."

"나도 눈 있어서 알거든?"

마나가 없다고 한 번 더 대꾸하자 오쓰카가 돌연 목소리를 낮추었다.

"실은 나, 마나 씨를 아주 좋게 보고 있어."

"아~ 네~ 그러시군요."

그런 건 진작에 알고 있을뿐더러 농담 반 진담 반으로 청혼했다가 마나 씨한테 차인 일까지 다 안다고요. 굳이 표정을 관리할 필요도 못 느껴서 대놓고 쌀쌀맞게 대답했다.

"한 번 실패한 적이 있어서 그런가. 마나 씨 같은 타입이 엄청 끌리더라고."

"그게 무슨 뜻이에요?"

아카네는 무슨 얘기인지 전혀 짐작이 가지 않았다.

"헤어진 와이프가 집안일 진짜 못했거든. 하나부터 열까지 제대로 하는 게 없었어. 집안일이든 육아든, 뭐든 하는 것마다 엉망이어서 총체적 난국이었지. 그것 때문에 매일 싸웠는데 어느 날 갑자기 이혼 서류를 내밀더라고. 그길로 애들 데리고 집을 나가더니 그걸로 끝."

오쓰카가 쓴웃음을 지었다.

"한 번 실패했으니 다음엔 꼭 집안일도 육아도 똑 부러지게 하는 여자랑 결혼하겠다고 다짐했지."

"그러니까 마나 씨가 집안일을 전부 다 해줄 것 같아서 아주 좋게 보고 있다는 얘기예요?"

눈썹이 절로 치켜 올라갔다.

"아니, 아니, 꼭 그래서만은 아니고. 무엇보다 예쁘잖아. 그게 가장 중요하지."

최악의 이유였다.

"어라? 아카네 씨, 왜 화를 내고 그래?"

얼굴에 화난 기색이 역력했던 모양이다.

"어이쿠, 미안. 내가 머릿속에 떠오르는 말을 그대로 뱉어버리는 버릇이 있달까. 듣기 좋은 말 같은 걸 잘 못해. 게다가 아카네 씨랑 있으면 왠지 남자끼리 얘기하는 느낌이라 나도 모르게 속엣말이 튀어나오더라고."

"그럼 저도 머릿속에 있는 말 그대로 해볼까요?"

오랜만에 키가 커서 다행이라는 생각이 들었다. 아카네는 등을 꼿꼿하게 세웠다.

"아아, 물론 아카네 씨가 하고 싶은 말이 뭔지 알아. 요즘은 성별에 상관없이 가사와 육아를 분담하는 시대라고 얘기하고 싶은 거지? 근데 말이야, 사람마다 적성에 맞는 일이 있고 안 맞는 일이 있는 법이잖아. 난 일을 좋아하고 내 또래 평균보다 훨씬 돈을 잘 버니까 안사람은 내조 잘하는 현모양처였으면 좋겠다고 생각하는 것뿐이야."

"오쓰카 씨는 애들 안 보고 싶으세요?"

오쓰카가 멈칫했다.

어째서 그런 말을 했는지 아카네 자신도 알지 못했다. 순전히 이기심으로 점철된 이야기를 신나게 떠벌리는 오쓰카에게 발끈한 것은 사실이었다. '너 같은 놈은 마나 씨 곁에 얼씬도 못 하게 할 거야'라고 말하고 싶었다. 그러나 정작 입에서 튀어나온 말은 지극히 단순한 의문이었다.

오쓰카는 여전히 얼어붙어 있었다. 아카네의 말에 생각보다 큰 충격을 받은 모양이었다. 죄송하다고 무심코 사과하려던 그때.

"글쎄, 애 키우는 건 내 적성이 아니라서 잘 모르겠는데?"

오쓰카는 마치 불량스러운 고등학생처럼 입술을 비죽 내밀었다. 순간 자동문이 열리는 소리가 나면서 남자 한 명이 들어왔다.

"어, 미쓰루 선생님!"

차로 세탁물을 수거하는 중이었는지 미쓰루는 '클리닝 다카오카'라고 프린트된 회색 앞치마 차림이었다. 손에는 앙증맞은 고양이 귀가 달린 아기 니트 모자가 들려 있었다.

"이거, 차 안에 떨어져 있던 아기 모자예요. 어젯밤 아라이 씨에게 전화로 얘기해서 아마 알 거예요."

어젯밤, 아라이 씨, 전화, 라는 말에 오쓰카가 귀를 쫑긋한다는 걸 보지 않아도 알 수 있었다.

"가미야 씨가 깜빡하셨나 보네요. 일부러 여기까지 갖다주셔서 고맙습니다. 다음에 오시면 전해드릴게요."

리리카가 쓰고 있던 고양이 니트 모자였다. 그저께 미쓰루의 차를 타고 아파트까지 갔을 때 떨어뜨린 모양이었다.

"네, 대신 좀 전해주세요. 하필 좌석 밑으로 떨어지는 바람에 이제야 발견했어요. 그런데 저기……."

순간 미쓰루가 가게 안을 둘러보았다. 오쓰카는 맥북을 열심히 들여다보는 척하고 있었다.

"혹시 다음 주에 시간 되시면 오사무네 가게에 같이 안 가실래요?"

"아, 마나 씨한테 물어볼게요. 근데 리스토란테 다카오카가 그렇게 늦은 시간까지 영업하나요? 여긴 밤 11시는 되어야 문을 닫거든요."

"영업시간은 밤 10시까지예요. 그러니까 제 말은, 혹시 괜찮다면 저랑 나카지마 씨 둘이 가는 건 어떤가 해서요. 제가 초대하는 겁니다."

"저랑 둘이……요?"

어안이 벙벙해져서 되물었다.

오쓰카가 사레에 걸린 듯 갑자기 헛기침했다.

"다음 주 디너 세트의 메인 요리 중 하나가 양고기라고 하더라고요. 소금과 바질을 뿌려 구운 양갈비래요. 오사무가 요리한 양갈비는 끝내주게 맛있거든요. 나카지마 씨에게 꼭 맛을 보여드리고 싶어서요."

"끝내주게 맛있는 양갈비……요."

상상하는 것만으로도 아카네의 표정이 기분 좋게 풀어졌다.

제 4 장

덜 마른 당신

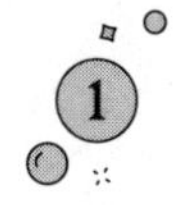

'마나 씨, 저 오늘 미쓰루 선생님이랑 리스토란테 다카오카에 가서 양갈비 먹고 올게요. 사실 미쓰루 선생님도 저도 마나 씨랑 가고 싶었어요. 그러니 다음엔 꼭 같이 먹으러 가요! 다음엔 꼭이요!'

퇴근할 때 이렇게 마나에게 얘기하고 갈 생각이었다.

하지만 아카네의 일이 끝나는 오후 5시가 되었을 때, 마나는 리리카의 니트 모자를 찾으러 온 가미야 씨와 즐겁게 수다를 떨고 있었다.

"몇 번이나 죄송해요. 그날 다카오카 씨가 젖으면 안 된다고 차에서 내려 아파트 입구까지 우산을 씌워주셨어요. 이렇게 다정한 사람과 결혼하면 참 행복하겠구나, 진심으로 그런 생각이 들더라고요."

미쓰루 이야기를 하고 있다는 걸 알고 당황한 나머지 아무것도 못 들었다는 듯 "그럼, 저 먼저 가볼게요. 리리카, 다음에 또 보자" 하고 마나와 가미야 씨에게 인사한 후 리리카에게도 손을 흔들어주고 가게를 나왔다.

생각해보면 일하는 동안 얘기할 기회는 얼마든지 있었다. 어설프게 숨겼다가는 도리어 사이가 어색해질지도 몰랐다. 아카네는 약간 찜찜한 기분으로 발걸음을 옮겼다.

그러나 차가운 해풍을 맞으면서 마린타워의 조명으로 예쁘게 반짝이는 야마시타 거리를 빠져나가, 고가도로를 지나쳐 고즈넉한 야토자카를 오르기 시작하자 차츰 뭐 괜찮겠지, 하고 생각하게 되었다.

'끝내주게 맛있는 양갈비.'

그 레스토랑에서 요리해주는 양갈비라면 발을 동동 구를 만큼 맛있을 게 분명했다. 꼬르륵 소리가 날 것 같은 배를 감싸 쥐고 가쁜 숨을 몰아쉬며 언덕을 올랐다.

어쩌면 지금과 같은 순간들이 바로 행복이 아닐까 하는 생각이 문득 들었다. 편안한 곳에서 좋은 사람과 함께 일하고 새롭게 알게 된 지인과 제일 좋아하는 음식을 먹으러 가는 이런 시간들이. 불과 몇 개월 전에는 상상조차 하지 못했던 시간이었다.

"안녕하세요."

가게 안으로 들어서니 지난번과 마찬가지로 손님은 아직 한 명도 없었다.

"어서 오세요. 미쓰루한테서 들었어요. 메인 요리는 양갈비, 맞죠?"

미쓰루와 똑같이 생긴 셰프 오사무가 안에서 나와 친근한 미소로 맞아주었다.

"네! 무조건 양갈비요!"

안내받은 테이블석에 앉아 기다리는데 얼마 지나지 않아 가게 문이 열렸다.

"죄송합니다, 제가 먼저 와 있어야 했는데. 오래 기다리셨어요?"

"아뇨, 저도 방금 왔어요."

오늘 미쓰루는 옷깃을 세운 네이비색 재킷을 입고 있었다. 무심코 안에 받쳐 입은 그레이색 셔츠에 시선을 빼앗겼다.

"그 셔츠, 미쓰루 선생님이 직접 다리신 거예요?"

"네, 물론이죠."

"정말 깔끔하네요."

그레이색 셔츠는 두툼하고 따뜻해 보이는 플란넬 소재였다. 플란넬 셔츠는 캐주얼 남성복을 대표하는 이미지가 강했다. 그런데 미쓰루가 입고 있는 셔츠는 기모가 적당히 살아 있으면서도 주름 하나 없이 매끈해서 새로 산 캐시미어 니트처럼 광택이 흘렀다.

"그렇게 말씀해주시니 기분 좋은데요? 무지 플란넬은 사실 요령이 좀 필요해요. 와이셔츠처럼 다림질 온도를 높여서 빳빳하게 만들 수 없기 때문에 중간 온도에 맞춘 스팀으로 주름을 펴야 하거든요. 마지막에 브러싱으로 마무리해주면 이렇게 부드러운 감촉을 낼 수 있어요."

미쓰루가 셔츠의 가슴팍을 잡아당겨 보여주었다. 확실히 아주 부드러워 보였다.

미쓰루가 테이블 위의 물고기 모양 유리병을 들어 아카네에게 물을 따라준 후 자신의 컵에도 물을 채웠다.

"고맙습니다."

깨물면 그대로 깨질 것같이 얇은 와인 글래스로 마시는 물은 맛있었다.

"그날 얼마나 놀랐는지 몰라요. 갑자기 억수같이 쏟아지는 빗속으로 뛰어가셔서."

미쓰루가 아카네를 바라보며 말했다. 지난주 수요일 자전거를 타고 가던 가미야 씨를 불러 세우기 위해 아카네가 장대비 속으로 뛰어갔던 일을 말하고 있었다.

"놀라게 해서 죄송해요. 저도 모르게 몸이 먼저 움직이는 바람에."

그래도 가미야 씨가 거짓말처럼 평온을 되찾고 집으로 돌아가는 모습을 보았을 때는 불러 세우길 잘했다고 진심으로 생각했다.

“아, 아닙니다. 아카네 씨가 사과할 일은 아니죠. 그냥 참 대단하다, 멋지다, 그런 생각을 했어요. 하지만 흠뻑 젖은 모습을 보고 걱정했답니다. 감기에 걸리시면 어쩌나 싶어서.”

“그렇게 많이 젖었었나요?”

그때는 가미야 씨를 얼른 불러 세워야 한다는 생각에 다른 걸 살필 겨를이 없었다. 많이 젖은 줄도 몰랐다. 코인 세탁소에 도착했을 때 마나가 허둥지둥 타월을 갖다준 것은 기억하지만.

“네, 수영하다 나온 사람처럼 보일 정도로요.”

미쓰루가 진지한 얼굴로 말했다. 마주 보다가 누구랄 것 없이 풉, 하고 둘 다 웃음을 터트렸다.

“세탁소는 매일 바쁜가요?”

아카네는 긴장을 누그러뜨리기 위해 화제를 돌렸다.

“영업시간은 저녁 7시까지고 보통 5시 이후로는 알바생한테 맡기기 때문에 밤늦게까지 일하는 경우는 거의 없어요. 해가 지기 전에 세탁과 다림질 작업을 끝내고 저녁에는 잡무나 가족이 부탁한 일을 처리해요.”

문득 미쓰루의 손으로 시선이 갔다. 아주 보들보들하고 예쁜 손가락인데도 손끝은 거칠고 굳은살이 박인 데다 손등에는 군데군데 화상 자국이 나 있었다. 새삼 이 사람은 천생 장인이구나 하는 생각이 들었다.

"뭔가 신기해요. 저희 부모님은 두 분 다 회사원이셨거든요."

"가족끼리 하는 자영업은 체계가 느슨한 편이에요. 할머니를 일주일에 두 번 병원에 모시고 가는 것도 업무에 포함되니까 서로 힘을 합쳐 효율적으로 분담하지 않으면 가게를 운영해나갈 수 없어요."

미쓰루가 쑥스럽다는 듯 웃었다.

"그래서 일이 바쁜지 아닌지도 잘 모르겠어요."

"왠지 그런 거, 부럽네요."

이런 식으로 일과 일상이 구분되지 않는 삶도 있구나. 틀림없이 미쓰루는 핸드폰에 정신이 팔려서 일을 소홀히 하거나 꾀병으로 쉰다거나 하지는 않을 것이다. 매상을 올리는 데 급급해 만만한 손님을 속이는 짓도 하지 않을 것이다.

"아카네 씨, 전에 부동산 일을 하셨다면서요? 많이 바쁘셨겠어요."

"네? 그걸 어떻게 아세요?"

가슴이 철렁 내려앉았다.

"지난번에 가미야 씨를 댁까지 모셔다 드릴 때 들었어요. 아카네 씨가 부동산 회사에서 아주 우수한 영업 사원이셨다고요."

"어머, 아니에요! 전 그런 말은 한마디도 한 적 없어요. 가미야 씨는 대체 왜 그런 말을……."

빰이 화끈 달아올랐다.

"저도 아카네 씨가 스스로 그런 말을 했다고는 생각 안 합니다. 하지만 가미야 씨 눈에는 그렇게 보였나 봐요. '나도 이사할 때 아카네 씨 같은 담당자를 만났다면 좋았을 텐데' 하고 말씀하셨거든요."

"아니에요……."

얼굴이 경직되었다. 가슴이 욱신거렸다. 가미야 씨와 미쓰루를 속이고 있는 기분이었다.

"저는 절대 우수한 영업 사원이 아니었어요."

아카네는 시선을 피하듯 테이블 위를 응시했다.

"거기서 일할 때 저는 정말 최악이었어요."

몸이 점점 움츠러드는 게 느껴졌다.

"그저 실적을 올리려고 만만해 보이는 손님에게 인기 없는 물건을 떠넘긴 적도 있는걸요. 저 때문에 가미야 씨처럼 이사하고 나서야 불편을 겪거나 불쾌한 경험을 한 사람도 분명히 있을 거예요."

'난 어째서 모처럼 즐거운 저녁 식사 자리에서 알게 된 지 얼마 안 된 사람한테 아무에게도 한 적 없는 이야기를 털어놓는 걸까.'

쥐구멍이라도 있으면 들어가고 싶은 심정이었다.

"자자, 양갈비 한번 잡숴봐!"

셰프가 라멘 가게 사장처럼 투박한 말투를 쓰며 아카네 앞에 접시를 내려놓았다. 고개를 들자 미쓰루와 똑같이 생긴 얼굴이 우쭐거리듯 가슴을 폈다.

"리스토란테 다카오카의 특제 양갈비를 소개합니다!"

"애피타이저도 아직 안 나왔는데?"

미쓰루가 웃긴다는 듯 말했다.

"애피타이저 같은 건 나중에 먹으면 되지. 일단 양갈비부터 먹어봐!"

새하얀 접시에 양갈비 두 대가 뼈째로 구운 감자 위에 엑스표를 그리듯 올려져 있었다. 겉이 노릇노릇 구워진 고기를 나이프로 썰자 살짝 분홍빛을 띤 속살이 드러났다. 홀린 듯 손가락으로 뼈를 집어 드니 허브와 돌소금의 거칠거칠한 감촉이 느껴졌다. 고기를 한 입 베어 물자, 양고기 특유의 냄새에 허브 향과 쓴맛, 그리고 돌소금의 적당한 짠맛이 어우러져 입안에서 살살 녹았다.

"어때요?"

"이렇게 맛있는 양갈비는 난생처음이에요!"

아카네가 주저하지 않고 대답했다.

"앗싸!"

쌍둥이가 똑같은 얼굴로 주먹을 불끈 쥐고 승리의 포즈를 취했다.

“진짜 맛있어요. 지금까지 먹어본 양고기 중에서 제일…….”

아카네는 왠지 눈물이 날 것 같았다. 다시 한번 입을 크게 벌려 양갈비를 뜯었다. 역시 맛있었다. 지금까지 먹어본 양갈비 중에서 단연 최고였다.

“이제 기운이 좀 나나요?”

미쓰루가 흐뭇한 표정으로 물었다.

“네, 기운이 나네요.”

아카네는 고개를 크게 끄덕였다.

“한 접시 더 주문해서 하나씩 나눠 먹을까요?”

“네, 좋아요.”

‘바라던 바예요.’

아카네는 마음속으로 힘껏 대답했다.

"아니, 아빠! 이게 다 뭐예요?"

현관에서 외동딸 사치코의 새된 목소리가 들려왔다. 도내에서 초등학교 교사로 일하는 사치코는 항상 목소리가 컸다.

슌조는 저도 모르게 얼굴을 찌푸렸다. 펼쳐서 들고 있던 신문을 접어 옆에다 휙 던졌다.

"말도 안 돼. 어떻게 고작 한 달 만에 이 지경이 될 수가 있어……."

기가 막힌 듯 큰 소리로 한탄한 사치코가 집 안 물건을 밀어젖히면서 복도를 지나왔다.

"아빠, 이제 마음 좀 추스르세요. 집이 완전 쓰레기장이에요."

"쓰레기장?"

소파에 몸을 묻은 채 낮은 목소리로 되묻자, 사치코가 아차 싶었는지 입을 다물었다.

"안 그래도 치우려던 참이었다. 지난 한 달 동안 피곤해서 쉬고 있었어."

부모한테 그게 무슨 말버릇이냐고 힐난하듯 사치코를 노려보았다.

"……하긴 어머니 장례식 때 엄청 춥긴 했죠. 피곤하실 만도 해요."

사치코가 갑자기 아이를 달래듯 부드럽게 말했다. 약 한 달 전, 아내 히사에가 세상을 떠났다. 이제 와서 나를 놀리는 것도 아니고, 하는 생각이 들었지만 새된 목소리로 소리 지르는 것보다는 훨씬 나았다.

"그날 이후로 저도 일이 바빠서 못 들여다봤어요. 죄송해요. 앞으로는 자주 올게요."

꽤나 침통한 표정이었다.

사치코는 후츄에 있는 아파트에서 각각 고등학생, 대학생인 아들 둘 그리고 남편과 넷이서 살고 있었다. 여기에 오려면 전철과 버스를 갈아타고 2시간 가까이 걸리기 때문에 용건도 없이 찾아온 적은 거의 없었다.

"이제 일주일에 한 번은…… 올게요. 죄송해요."

말은 그렇게 해도 이미 목소리에 숨길 수 없는 피로감이 묻어났다. TV 뉴스에서 바쁘고 힘든 직업으로 교사가 언급될 때마다 히사에와 둘이 "사치코도 힘들겠네" 하고 대화를 나누었던 기억이 떠올랐다.

"네 도움은 아직 필요 없다."

슌조는 귀찮다는 듯이 손을 휘휘 내저었다.

"그럴 리가요. 지금 당장 이 옷만 봐도……. 잠깐 이거 며칠째 입고 있는 거예요?"

사치코가 슌조의 셔츠 소매를 붙잡았다.

"밖에 안 나가니까 더러울 일 없어."

"그런 말이 어디 있어요? 이것 좀 보세요! 잔뜩 구겨진 데다 냄새도……."

손을 거칠게 뿌리치자 사치코가 당장에라도 울음을 터트릴 것 같은 얼굴을 했다.

"상관하지 마!"

욱한 나머지 저도 모르게 소리를 질렀더니 이번에는 정말로 사치코의 눈에서 눈물이 흘러내렸다.

"상관하지 말라니. 어떻게 딸한테 그런 말을……."

우는 얼굴을 보이고 싶지 않은지 입을 꾹 다물고 세면대로 뛰어갔다. 말이 좀 지나쳤나 싶어 곁눈질로 사치코의 뒷모습을 좇았다. 만약 지금 이 자리에 히사에가 있었다면 틀림없이 "아유, 당신도 참" 하며 한 소리 했을 것이다.

사치코가 사춘기에 접어들고부터 단둘이 대화해본 적이 거의 없었다. 하지만 그렇다고 사이가 나쁜 부녀지간도 아니었다. 히사에와 사치코가 같이 빨래를 널거나 설거지를 하면서 시답잖은 이야기로 웃음꽃을 피울 때면 그 모습을 바라보던 슌조도 항상 마음이 평온해졌다. 그랬는데 지금은.

"아빠! 이건 또 뭐예요?"

집 안 전체에 비명이 울려 퍼졌다. 슌조는 손으로 이마를 짚었다.

"설마, 장례식 이후로 목욕을 한 번도 안 하신 거예요?"

거실로 돌아온 사치코의 얼굴이 하얗게 질려 있었다. 욕실에 모아둔 더러운 빨래 더미를 보고 말하는 모양이었다.

"일주일에 몇 번은 몸을 닦고 있어. 요즘 같은 계절에는 그걸로도 충분해."

슌조는 언짢은 표정으로 대답했다. 20년 전 버튼 한 번만 누르면 뜨거운 물이 나오는 전자동 순간온수기를 싹 수리했었다. 그러나 혼자 쓰기 위해 매일 욕조에 물을 받아 씻은 후 물을 빼고 욕조를 청소하는 일은 정말 귀찮고 번거로웠다. 간단히 샤워로 때운 적도 있지만, 오히려 몸에 한기가 들었다.

결국 욕실은 더러운 물건을 처박아두는 공간으로 전락했고, 목욕을 대신해 일주일에 몇 번 부엌에서 뜨거운 물에 적신 수건으로 몸을 닦았다. 갈아입을 옷이 떨어지면 보디 샴푸를

묻혀서 손으로 빨았다.

"뭐가 충분하다는 거예요? 몸은 매일 씻어야죠."

"늙으면 땀을 안 흘려."

게다가 지난 한 달간 집 안에 틀어박혀 밖에는 거의 나가지 않았다. 사치코가 깊게 한숨을 내쉬었다.

"빨래는 왜 저렇게 쌓여 있는 거예요? 아빠 혹시, 세탁기 돌릴 줄 모르세요?"

질책하듯 쏘아붙였다. 슌조가 직장인일 때는 물론, 정년퇴직한 후에도 집안일은 언제나 하나부터 열까지 아내가 도맡았다.

3년 전 히사에가 다리가 부러져 입원했을 때 노후를 어떻게 보낼지 이야기를 나눈 적이 있었다. 대화 중에 슌조가 "뭐, 그래도 내가 먼저 갈 테니 걱정 마"라고 말하자, 히사에는 "하긴 당신이 나보다 일곱 살이나 더 먹었으니까요" 하고 웃었고 대화는 거기서 끝이 났다.

히사에가 자신보다 먼저 세상을 뜰 줄은 정말 몰랐다. 그것도 아무런 마음의 준비도 없이 어느 날 아침 황망하게 보낼 줄은 상상조차 해본 적이 없었다.

"시끄러워! 네가 뭘 알아?"

슌조는 버럭 소리를 지르고 자리에서 일어났다.

"어디 가시려고요?"

"코인 세탁소에 다녀오마. 저 세탁기는 고장 났어."

실은 그럴 리 없다는 걸 잘 알았다. 히사에는 가전제품이 고장 나면 하루라도 그냥 내버려두는 성격이 아니었다. 만약 고장 났다면 그날 바로 개인이 운영하는 역 앞 가전제품 판매점에 수리하러 와달라고 전화했을 것이다.

'고장 났어.'

히사에가 죽고 나서 한 번도 손댄 적 없는, 사치코가 말한 대로 사용법을 모르는 세탁기에 대해서는 그렇게 둘러댈 수밖에 없었다.

"그럴 리가요. 제가 사용법을 알려드릴 테니 지금 같이 해봐요. 그리고 청소하는 법과 간단하게 음식 만드는 법도……."

"그럴 필요 없다. 혼자서도 할 수 있어."

"혼자서 못 하시잖아요!"

"아까도 말했지만, 한동안 피곤해서 그랬을 뿐이다. 앞으론 제대로 할 거야."

슌조는 플라스틱 세탁 바구니를 손에 들고 욕실에 쌓아둔 빨래를 손에 잡히는 대로 집어넣었다.

"아빠, 잠깐만요!"

뒤에서 쫓아오는 사치코의 목소리를 무시하고 집 밖으로 나섰다. 현관 입구에 다 말라 시들어버린 화분이 몇 개 늘어서 있었다.

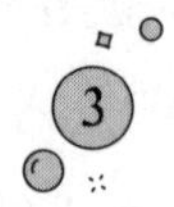

오늘은 월요일이라 오쓰카가 아침부터 카운터 테이블에 죽치고 앉아 있었다.

"자자, 커피 한잔 잡숴봐!"

리스토란테 다카오카의 오사무처럼 라멘 가게 사장을 흉내 내보았다.

"뭐야, 갑자기 왜 아재처럼 그래? 제법 잘 어울리긴 하네."

오쓰카는 말을 해도 꼭 기분 나쁜 말만 골라서 했다.

"모처럼 오셨는데 안됐네요. 오늘도 마나 씨는 저 안쪽에서 열심히 일하는 중이거든요. 그러니 필요한 게 있으면 꼭 아재 같은 저를 불러주세요."

똑같이 빈정거려주었다.

"그나저나 그 키작남이랑은 데이트 잘했어?"

아카네가 멈칫했다.

“오쓰카 씨, 진짜 성격 나쁘시네요.”

오쓰카를 보면서 대놓고 미간을 찌푸렸다.

“그게 뭐? 아카네 씨 애인이 실제로 키가 작으니까 그렇게 말한 건데?”

“악의가 느껴지니까 그렇죠. 게다가 그 사람 제 애인도 아니거든요? 데이트도 아니었고요.”

“기분 나쁘게 들렸다면 그건 아카네 씨 편견이겠지. 난 크다든가 작다든가 그냥 내 기준으로 말한 것뿐이거든.”

“아, 네~ 차암~ 순수한 분이시군요. 하지만 말은 좀 가려서 하시는 게 좋겠네요. 게다가 그렇게 따지면 저한테 큰 여자라고 하시면 안 되죠. 저, 오쓰카 씨보다 작거든요?”

“키 몇인데?”

“175…… 아니, 6이요.”

“난 175야. 이 운동화를 신어야 180이 될까 말까라고. 그러니 아카네 씨가 나보다 1센티미터 더 커.”

오쓰카가 가리킨 검은색 운동화의 굽을 보니 확실히 5센티미터는 돼 보였다.

“운동화를 신은 상태에서 키를 재요?”

“응. 신었을 때 180센티미터가 되는 신발만 사니까. 지금은 핸드폰으로도 키를 잴 수 있으니 세상 참 편리해졌지.”

"180이라는 숫자에 특별한 의미라도 있어요?"

"아니? 그냥 왠지 180이라고 하면 멋지잖아."

정말 별것 아닌 이유였다. 어쩌면 이 사람은 진짜 아무 생각이 없는지도 모르겠다.

그때 자동문이 열렸다. 처음 보는 남자 노인이 서 있었다.

"안녕하세요."

평소처럼 인사하며 다가간 순간, 헉 소리가 절로 나왔다. 무심코 얼굴이 찌푸려질 만큼 악취가 진동했다. 아카네는 카운터 너머로 마나를 찾았다.

"이거, 빨아놔."

남자 노인이 빨래가 가득 담긴 플라스틱 바구니를 들이밀었다. 노인은 최소 여든 살은 넘어 보였다. 수염이 듬성듬성 나고 머리는 흐트러져 있었지만 그래도 얼핏 봤을 때 더러운 몰골은 아니었다. 그런데 어째서 꼭 젖은 걸레 냄새 같은 악취를 풍기는 걸까.

"손님, 저희 코인 세탁소는 셀프서비스로 운영되고 있어요."

숨을 참고 말했더니 코맹맹이 소리가 났다.

"됐고. 빨래나 해놔."

"혹시 세탁 대행 서비스를 말씀하시는 건가요?"

"그건 또 뭐야?"

"여기에 나와 있듯이 세탁 대행 서비스는 별도 요금을 받거든요. 빨래를 맡기시면 저희가 세탁과 건조는 물론, 깔끔하게 개서…….”

“별도 요금? 그런 거 안 해. 필요 없어.”

노인은 바가지 상술 따위에 넘어가지 않겠다는 듯 질색한 표정이었다.

“그러시면 기계 사용법을 알려드릴게요. 이쪽으로 오세요.”

“처음부터 그렇게 말할 것이지. 무슨 일을 이딴 식으로 해!”

노인이 소리를 지르자, 아카네는 놀라 어깨를 흠칫했다. 오쓰카 말고 가게에 다른 손님이 없어서 다행이었다.

“이쪽이 세탁기와 건조기 그리고 이건 세탁건조기예요. 어떤 걸 쓰시겠어요?”

“그렇게 말해봤자 뭐가 다른지 난 몰라.”

노인이 짜증을 부렸다. 지금까지 세탁기를 한 번도 돌려본 적이 없어서인지도 몰랐다.

“어, 그러니까 여기 이 세탁기는 세탁과 헹굼, 탈수까지 되는 거고요.”

“아아, 그래. 이걸로 됐어.”

노인은 그렇게 말하면서 세탁기 유리문으로 손을 뻗었다.

“손님, 잠깐만요. 아직 설명이 다 안 끝났어요.”

“거참, 성가시게 구네! 이제 좀 저리 비켜!”

노인이 별안간 버럭 소리를 질렀다. 순간 너무 놀란 나머지 눈물이 찔끔 났다.

"그만 좀 하시죠? 이 아가씨가 뭘 잘못했다고 그렇게 소리를 지르십니까? 지금 어르신이 사용하기에 제일 좋은 기계를 알려드리려고 하잖아요."

놀라서 뒤돌아보자 오쓰카 씨가 인상을 쓴 채 떡 버티고 서 있었다. 운동화 덕에 180센티미터라는 장신 효과가 더해져서 목소리까지 깐 오쓰카 씨는 아주 험악해 보였다. 노인은 확실히 겁을 먹은 듯 보였다.

"혼자 사십니까?"

오쓰카가 한 걸음 다가오며 물었다.

"……어? 어어."

노인의 동공이 흔들렸다.

"빨래는 젖으면 무거워집니다. 무거워진 빨래를 굳이 집으로 들고 가서 직접 말리셔야 할 이유라도 있습니까?"

"……직접 말려야 할 이유라니, 그럴 리가."

노인이 얼굴을 찌푸렸다.

"그렇다면 세탁건조기를 쓰시는 게 좋습니다. 제가 도와드리죠."

오쓰카가 얼굴색 하나 변하지 않고 노인이 가져온 빨래를 전부 세탁건조기 안으로 옮겨 넣었다. 악취가 코를 찔렀다. 노인은 기가 죽은 얼굴로 그 모습을 가만히 보고 있었다.

"이제 돈 주세요."

오쓰카가 노인에게 손바닥을 내밀었다.

"어……."

노인이 두툼한 지갑에서 떨리는 손길로 1000엔짜리 지폐를 꺼냈다. 1000엔을 동전 교환기에서 100엔짜리 동전으로 바꿔 온 오쓰카가 세탁건조기 유리문을 야무지게 닫은 후 투입구에 동전 일곱 개를 밀어 넣었다.

"자, 이제 됐습니다. 이 액정에 표시된 것처럼 지금부터 55분 후면 건조까지 다 끝나니까 그때 찾으러 오십시오. 간단하죠?"

그렇게 말하고 오쓰카는 잔돈을 건넸다. 여기까지 걸린 시간은 1분도 채 되지 않았다.

"뭐? 어? 어."

노인은 고맙다는 말도 잊은 듯 비틀거리는 발걸음으로 가게를 나갔다.

"오쓰카 씨, 고마워요."

이렇게 도움을 받을 거라고는 생각지도 못했다.

"아니, 냄새가 너무 심하잖아. 한시라도 빨리 내보내고 싶었을 뿐이야. 저 사람이 계속 소란을 피우면 나도 일에 집중하기 힘드니까."

역시나 오쓰카는 고맙다라고 말한 것을 바로 후회하게 만들었다.

"……냄새가 지독하긴 했어요. 그렇게까지 불결해 보이진 않았는데 말이죠. 혼자 사신다니 좀 걱정되네요."

"저기, 아카네 씨?"

카운터에 마나가 나와 있었다.

"앗, 마나 씨. 오쓰카 씨는 아직 더 있다가 가실 모양이니 신경 쓰지 말고 하던 일 마저 하세요."

"아카네 씨, 너무하네……."

오쓰카가 일부러 머리를 감싸 쥐며 상처받은 시늉을 했다.

"방금 다녀가신 노인분, 혼자 산다고 하셨어요?"

마나가 진지한 얼굴로 물었다.

"네? 아, 그런 것 같던데요?"

"그렇군요."

마나가 쓸쓸한 표정으로 눈을 내리깔았다.

"혹시 아시는 분이에요?"

"네, 아마도요. 3년 전 요양원에서 일할 때 골절 수술로 재활훈련 하러 오셨던 환자분의 남편분이세요. 아주 금실이 좋으셔서 사모님이 재활훈련 하실 때마다 늘 같이 오셨죠. 사모님이 연세가 많으신데도 집안일을 도맡아 하신다고 했었는데 저분이 혼자 코인 세탁소에 오셨다는 건……."

"사모님이 돌아가셨나 보네요."

아카네가 말을 마저 잇자 마나는 천천히 고개를 끄덕였다.

"아카네 씨 이거 제가 전에 말했던, 맛있다고 소문난 쫑쯔粽子•예요. 조금 전에 식당 앞을 지나는데 줄이 하나도 없길래 냉큼 들어가 사 왔어요. 같이 먹어요."

휴식 시간을 마치고 돌아온 마나가 대나무 잎에 싸인 커다란 주먹밥을 내밀었다.

"와아! 마나 씨, 고맙습니다! 잘 먹을게요!"

차이나타운 뒷골목에 자리한 음식점에서 파는 대나무 잎 주먹밥이었다. 예전에 마나가 맛있다고 추천한 적이 있었다. 주말에는 대기하는 사람들이 늘 줄을 서 있고 가게 문을 열자마자 품절될 정도로 인기가 많다고 했다.

"마침 손님도 없으니, 안쪽에 들어가서 따뜻할 때 같이 먹어요."

"앗싸!"

스태프 공간에 들어가 둘이 함께 쫑쯔를 먹었다. 찹쌀이 묵직했고 팔각 특유의 달콤한 냄새가 은은하게 풍겼다. 돼지고기 조림과 버섯, 말린 새우 등 속 재료가 큼지막하게 골고루 들어가 있어 어느 쪽부터 베어 먹을까 망설여졌다.

• 중국의 전통 음식.

"……역시 괜히 맛집이 아니네요. 땅콩이랑 찹쌀이 이렇게 궁합이 잘 맞는 줄은 생각도 못 했어요."

간이 진하게 밴 밥으로 만든 일반적인 쫑쯔와는 전혀 달랐다. 한 입 베어 물면 다양한 속 재료의 고유한 맛이 입안에서 수프처럼 조화롭게 섞였다. 끝에는 과자처럼 단맛의 여운이 느껴졌다.

"속 재료가 정말 알차죠? 돼지고기 조림이 살살 녹아요. 먹을 때마다 다른 맛이 나는 것도 별미고요."

서로 자기가 느낀 맛을 이야기하며 편의점 삼각김밥보다 두 배는 큰 쫑쯔를 정신없이 먹어치웠다.

"참, 아까 오쓰카 씨가 절 도와주셨어요."

"오쓰카 씨가요?"

아침에 노인과 있었던 일을 마나에게 얘기해주었다.

"그랬군요. 아카네 씨, 힘드셨겠어요. 여기 기계가 네 대나 돌아가고 있어서 그런 일이 있었는지 전혀 몰랐어요."

마나는 눈썹을 늘어뜨렸다.

"괜찮아요. 그렇게 심한 말을 들은 것도 아닌데요, 뭐. 하지만 저도 성인인데 모르는 사람이 다짜고짜 호통을 치니까 당황스럽긴 하더라고요."

부동산 회사에서 상사한테 혼나던 일이 떠올라 자신도 모르게 눈물을 흘린 일은 조용히 묻어두었다.

"당연하죠. 그런 일은 절대 용납해선 안 돼요. 저도 다음에 오쓰카 씨 만나면 고맙다고 말해야겠어요."

노인을 안다며 안타까워했던 마나가 당연하다는 듯 아카네 편을 들자 한편으론 마음이 놓였다.

"근데 오쓰카 씨가 절 도와준 이유에 대해 뭐라고 했는지 아세요? 그냥 저 손님 냄새가 너무 지독해서 빨리 내보내고 싶어 그랬을 뿐이래요."

그러고 보니 그 노인, 아직 빨래를 찾으러 오지 않았다.

"냄새요?"

"그 손님, 가게에 들어온 순간 냄새가 아주 심했거든요."

"……그랬군요."

"대체 그 냄샌 뭘까요? 음식물 쓰레기나 오물 같은 냄새는 절대 아니었거든요. 뭐랄까, 덜 마른 걸레에서 나는 냄새 같다고 해야 하나? 암튼 곰팡내나 비린내처럼 역한 냄새였어요."

냄새를 떠올리던 아카네가 무심코 얼굴을 찌푸렸다.

"옷차림은 어땠나요? 머리나 피부, 옷은요?"

"수염이 좀 자라 있고 머리가 떡져 있긴 했지만, 겉모습은 그렇게 더러워 보이지 않았어요. 최소한의 위생은 챙기는 느낌? 아, 하지만 들고 온 빨래도 냄새가 꽤 심했어요."

"어쩌면 빨래가 덜 말라서 나는 냄새인지도 모르겠네요. 빨래하고 나서 물기를 꼭 짜지 않은 채 오랫동안 실내에 널어놓으면 냄새의 온상인 잡균이 끓거든요."

"실내 건조용 세제는 집 안에서 말려도 냄새가 안 난다고 광고하는 거 봤어요. 근데 아무리 덜 말랐다고 해도 그렇지, 그렇게 지독한 냄새가 날 수 있나요? 정말, 가까이 가기도 싫을 만큼 심했거든요."

아카네는 그 노인을 응대하는 게 얼마나 힘들었는지 알려주고 싶어서 설명에 열을 올렸다.

'어라?'

"……그랬군요."

고개를 끄덕이는 마나의 표정이 굳어 있었다.

"아, 죄송해요."

아카네는 말이 좀 지나쳤구나 싶어 허둥지둥 사과했다. 마나의 지인을 두고 냄새가 지독하다고 한참을 불평하다니, 배려가 부족했다.

"아마 그 손님은 냄새가 난다는 사실을 전혀 모를 거예요. 원래 자기한테서 나는 냄새는 금세 익숙해져서 못 느끼는 경우가 많거든요. 그래서 남들이 왜 불쾌한 표정을 짓는지 영문을 몰라 불안해하고 계실 거예요."

"불안해한다고요?"

아까는 노인이 갑자기 버럭 소리를 지르는 바람에 그저 당황했었다. 하지만 자신이 과연 다른 손님을 대하듯 노인을 대했을까? 오전에 있었던 일을 돌이켜보았다. 미간을 찌푸린 채 숨을 참고 한시라도 빨리 나가줬으면 했던 생각이, 얼굴과 태도에 고스란히 드러났던 건 아닐까.

"그 손님이 빨래를 찾으러 오시면 저한테 알려주세요."

"네. 그럴게요."

아카네는 진지하게 고개를 끄덕였다.

"그나저나 오쓰카 씨가 나서주시다니 의외네요."

마나가 분위기를 바꿔보려는 듯 웃었다.

"네, 덕분에 살았어요. 그래도 마나 씨, 오쓰카 씨는 절대 안 돼요. 마나 씨가 예쁘고 집안일 다 해줄 것 같다는 아주 이기적인 이유로 좋아한다고 말하는 사람이니까요."

"나쁜 사람이 아니라는 건 알고 있어요. 절대 연애 상대로는 봐줄 수 없지만요."

마나는 상냥한 표정으로 단호하게 말했다.

"아뇨, 나쁜 사람 맞아요. 맨날 기분 나쁜 말만 골라서 하고 뭐라도 되는 양 거만하게 굴잖아요."

아카네는 입을 삐죽 내밀었다.

"오쓰카 씨도 나름대로 고민이 많은 것 같네요."

가볍게 웃어넘길 줄 알았던 마나가 왠지 걱정스러운 얼굴을 하고 있었다.

해가 저물 무렵이 돼서야 아침에 왔던 노인이 무뚝뚝한 얼굴로 빈 세탁 바구니를 든 채 가게 안으로 들어왔다.

바퀴가 달린 둥근 의자에 앉아 핸드폰을 보고 있던 젊은 여자 손님이 깜짝 놀라 고개를 들었다. 여자 손님은 "……미친" 하고 작게 중얼거리더니 속이 안 좋은 사람처럼 손바닥으로 코와 입을 막았다. 그러고는 남은 시간을 확인하려는 건지 세탁기 액정으로 힐끔 시선을 주었다. 잠시 그 자리에서 망설이다가 더는 여기에 못 있겠다는 듯 자리에서 일어나 카운터에 있는 아카네에게 원망스러운 눈빛을 보내고는 발소리를 크게 내며 밖으로 나갔다.

노인은 가게 안에 쭈욱 늘어선 기계를 하나하나 응시했다.

"오셨어요? 이용하신 세탁건조기는 이쪽이에요."

여전히 불쾌한 냄새가 코를 찔렀다. 아카네는 마나에게 신호를 보낸 후 표정을 찡그리지 않도록 조심하면서 담담하게 말을 걸었다. 노인은 "아아"라고만 말하고 세탁건조기 문을 열었다. 보통은 열기와 세제 냄새가 풍겨야 하는데…… 노인에게서 나는 악취가 그보다 훨씬 강렬했다.

"안녕하세요, 손님. 뭘 도와드릴까요?"

마나가 스태프 공간에서 나왔다. 노인은 말이 안 들리는지 마나 쪽으로는 조금도 시선을 주지 않았다. 귀찮다는 듯 난폭한 손길로 빨래를 연달아 끄집어내 세탁 바구니에 옮겨 담았다.

"안녕하세요."

마나가 조금 더 가까이 가서 큰 목소리로 또박또박 말했다.

"시끄러워! 귀 안 먹었어!"

오전에 아카네한테 갑자기 소리를 질렀을 때와 같은 반응이었다. 아카네는 눈썹을 찌푸렸다.

"고바야시 씨 남편분 되시죠? 오랜만에 뵙네요."

마나가 친근한 표정을 지어 보이자 노인이 의아한 얼굴로 돌아보았다.

"맞아, 내가 고바야시야. 당신이 우리 마누라를 어떻게 알아?"

"히사에 씨와는 예전에 평화의 마을에서 매주 뵌 적이 있어요.”

“평화의 마을이라고? 당신, 거기 사람이었어? 그래, 기억나. 우리 마누라가 거길 다닌 지 벌써 3년이나 흘렀군.”

아내 이야기가 화제에 오르자 노인의 말투가 180도 바뀌었다.

“그러네요. 딱 3년 전이네요. 히사에 씨 재활 훈련이 끝난 후 저도 평화의 마을을 그만두고 방문 요양보호사로 일했거든요.”

“호텔처럼 호화롭고 좋은 시설이었지. 비싸긴 해도 거기라면 집을 처분하고 둘이 같이 여생을 보내도 좋겠다고 얘기했었는데 말이야.”

고바야시 씨가 눈을 내리깔았다.

“한 달 전에 지주막하출혈로 쓰러지더니 그길로 가버렸어. 사람의 목숨이란 참 덧없더군.”

“삼가 고인의 명복을 빕니다.”

마나가 고개를 숙였다.

“그건 그렇고 어쩌다가 이런 데서 일하고 있나?”

“그동안 이런저런 일들이 있었거든요. 얘기하자면 기니까 다음에 말씀드릴게요.”

마나가 생긋 웃으며 얼버무렸다.

“하긴 거기 일도 힘들어 보였어. 24시간 내내 혼자선 아무것도 못 하는 늙은이들 옆에 붙어서 수발을 들어야 하니."

고바야시 씨가 일부러 위악적인 미소를 지어 보였다.

"아니에요. 그분들과 대화하는 건 아주 즐거웠어요. 진짜 할아버지 할머니란 이런 거구나 하고 매일 위로받는 느낌이었어요."

마나가 웃으며 대답했다.

"허허, 요즘 시대에 자네 같은 사람도 다 있구먼. 난 늙은이들 상대하는 건 딱 질색인데 말이야."

고바야시 씨가 마치 자기는 늙은이가 아닌 것처럼 말했다.

"실은 고바야시 씨에게 드릴 말씀이 있어요."

마나가 목소리를 줄였다.

"뭔데 그러나?"

"고바야시 씨 옷에서 냄새가 납니다. 덜 마른 빨래 냄새가, 아주 심하게요."

아카네는 헛숨을 들이켰다. 마나가 이렇게까지 단도직입적으로 말할 줄은 상상도 못 했다.

"뭐? 나한테 냄새가 난다고? 아니, 사람을 뭘로 보고!"

고바야시 씨의 목소리에 노기가 서렸다.

"고바야시 씨한테서 냄새가 난다는 게 아니라 고바야시 씨 옷에서 냄새가 난다고 말씀드린 거예요."

마나가 단호하게 말했다.

"고바야시 씨가 지금 입으신 옷은 잘못된 방법으로 빨래가 되어 잡균이 번식한 것 같아요. 일단 여기, 세탁이 끝난 옷으로 갈아입으시고 입고 계신 옷도 세탁하고 가는 건 어떠세요?"

"아니, 됐네. 상관하지 말게."

"그럴 수는 없습니다. 냄새 나는 옷을 계속 입고 다니시면 앞으로 저희 가게에 못 오시게 할 거니까요."

"뭐가 어째?"

고바야시 씨가 안색을 바꾸었다.

"냄새는 절대 모른 척 넘어갈 수 없는 문제예요."

아카네는 어떻게 해야 좋을지 몰라 마나와 고바야시 씨 사이에서 발만 동동 굴렀다.

"알았어! 다시는 안 오겠네! 이제 됐나?"

고바야시 씨의 얼굴이 분노로 벌겋게 달아올랐다.

"그건 안 됩니다. 또 오셔야 해요. 전 앞으로도 고바야시 씨가 가끔 저희 가게로 세탁하러 와주길 바라거든요."

"오지 말랬다가 오랬다가 지금 사람 놀리나?"

"고바야시 씨가 냄새 안 나는 옷을 입으시면 좋겠어요. 계속 이 상태로 지내신다면 언젠가는 사람들이 고바야시 씨 곁을 떠나버릴 겁니다. 그게 조금도 허풍이 아니라는 걸 저는 실제로 겪어봐서 잘 알아요. 그래서 고바야시 씨는 그런 경험을 하지 않으셨으면 좋겠어요."

마나의 필사적인 호소에 고바야시 씨도 더는 뭐라고 하지 않았다. 아카네도 처음 듣는 이야기에 놀라 마나를 쳐다보았다.

"……대체 무슨 냄새가 난다는 거야."

"아까 말씀드렸듯이 덜 마른 빨래에서 나는 냄새예요."

마나가 고바야시 씨 눈을 똑바로 바라보면서 대답했다.

"젖은 걸레에서 나는…… 그런 냄새?"

고바야시 씨가 민망한 표정을 지었다.

"그렇게 말씀하시는 분들도 있어요."

마나는 부정하지 않았다.

"알았어. 알려줘봐. 하지만 매번 여기에 오라고 귀찮게 굴진 말라고. 늙은이는 빨래를 들고 집과 코인 세탁소를 왔다 갔다 하는 것만으로도 힘에 부치니까. 오늘은 어쩌다 온 거야."

"고맙습니다. 물론 댁에서도 하실 수 있는 방법을 알려드릴게요."

마나가 활짝 웃었다.

"축축한 냄새가 나는 빨래는 이미 잡균이 번식해 있는 상태라고 보시면 돼요. 일단 빨래를 산소계 표백제에 담가주세요. 이때 염소계 표백제와 헷갈리지 않도록 주의해주세요."

가게 안 세척용 싱크대에서 마나가 대야에 온수를 받아 산소계 표백제를 녹인 후 고바야시 씨가 벗어놓은 셔츠를 담갔다.

"댁에 세탁기는 있으세요?"

"어. 하지만 오래된 거라……."

고바야시 씨가 쑥스러운지 이리저리 시선을 굴렸다.

"연식에 따라서는 사용법을 알기 힘든 기종도 있죠. 혹시 가족분이나 도우미분이 오시면 꼭 여쭤보세요."

마나가 친절하게 조언했다.

"그냥 손으로 빨면 안 되나? 이 옷은 몸을 닦은 김에 손으로 빤 건데."

"손세탁은 때가 잘 지워지고 약한 소재도 빨 수 있다는 장점이 있어요. 하지만 꼭 짜서 바짝 말리지 않으면 아무리 빨아도 세균이 증식하거든요. 그래서 연세가 있으신 분께는 별로 추천 드리지 않아요."

마나가 죄송하다는 듯 말했다.

"왜 늙은이는 안 된다는 거지?"

"빨거나 헹구는 것까지는 아무 문제가 없어요. 하지만 물기를 제대로 짜려면 걸레를 짤 때처럼 센 힘이 필요하거든요. 댁에 세탁기가 있으면 그걸 사용하는 게 훨씬 편하실 거예요."

마나가 "아, 이제 된 것 같네" 하고 중얼거린 후 대야의 물을 비웠다.

"오늘은 세탁 상담이니까 서비스 차원에서 안쪽에 있는 세탁기에 돌리고 올게요. 세탁 후에는 가능한 한 빨리 세탁기에서 꺼내 꼭 바람이 잘 통하는 곳에 널어주세요. 실내에서 말릴 때는 선풍기를 틀어놓는 것도 방법이에요."

"선풍기라면 집에 있지……."

고바야시 씨가 턱에 손을 갖다 댔다.

"반나절이 지났는데도 다 안 말랐다 싶으면 다리미로 축축한 부분을 다리는 것도 괜찮아요. 어쨌든 빨래가 젖어 있는 시간을 조금이라도 줄여야 한다는 사실을 꼭 기억해주세요. 그것만 지켜도 젖은 걸레 같은 냄새는 안 날 겁니다."

"다리미도 마누라가 쓰던 게 있어."

"아, 다리미는 잠깐만 한눈을 팔아도 화재로 이어질 수 있으니 쓰실 때 조심하셔야 해요. 완전히 익숙해지기 전까지는 꼭 집안일에 능숙한 사람과 함께 써주세요."

마나가 대야를 들고 스태프 공간으로 뛰어갔다. 30분 정도 지나자 탈수까지 끝났다.

"다음은 빨래 너는 방법이에요. 젖은 상태의 빨래는 양손으로 탁탁 치거나 손바닥으로 훑어주기만 해도 웬만한 주름은 없어져요. 사실 자연 건조가 코인 세탁소의 건조기에 돌리는 것보다 옷감이 덜 상해요."

"아까 가끔 여기에 와달라고 했지?"

고바야시 씨가 눈을 빛내며 마나를 바라보았다.

"네. 실은 빨래가 덜 말랐을 때 가장 효과적인 건 코인 세탁소의 건조기예요. 가스식 건조기의 고열로 바짝 말리면 잡균이 다 죽거든요. 장마철 같은 때는 시간 되시면 꼭 여기에 오셔서 한 번씩 돌리고 가세요. 그리고 마지막으로 가장 중요한 걸 알려드릴게요. 바로 세탁 주기예요."

마나가 고바야시 씨를 똑바로 바라보았다.

"'냄새가 나는 것 같은데, 좀 더러워진 것 같은데' 하는 자기 판단을 믿지 마세요. 둘 다 스스로 깨닫기는 사실 굉장히 어렵거든요. 냄새가 나면 혹은 더러워지면 빠는 게 아니라 무조건 주기적으로 빨래하는 습관을 들여주세요."

"냄새도 더러움도 자기는 못 느낀다는 거구먼……."

고바야시 씨가 수염이 난 뺨을 손으로 쓸었다.

"네, 맞습니다. 그건 연세 있으신 분이나 젊은 사람이나 똑같아요. 개인위생은 스스로 판단하지 말고 습관을 들여 주기적으로 관리해야 해요."

마나가 고바야시 씨를 보더니, "이 핸드크림 한번 써보시겠어요? 손이 많이 트신 것 같아서요"라고 말하고는 앞치마 주머니에서 천천히 핸드크림 튜브를 꺼냈다. '약용'이라고 크게 적혀 있고 디자인이 다소 촌스러운 오래된 브랜드의 핸드크림이었다.

"손 좀 내밀어보시겠어요?"

마나가 익숙한 태도로 얘기하자 고바야시 노인은 당황해하면서도 손등을 내밀었다.

"응?"

마나가 그 위에 핸드크림을 짜자 고바야시 씨가 눈을 크게 떴다.

"이 핸드크림은 저렴하면서도 효과가 아주 좋아요. 평화의 마을에서 한때 크게 유행해서 직원들도 이용자분들도 다 이걸 썼답니다. 여기 '무향료'라고 적혀 있지만, 향이 은은하게 나지요?"

"……히사에 냄새야."

고바야시 씨가 손으로 눈자위를 꾹 눌렀다.

"저에게도 이건 평화의 마을에서 즐겁게 지내던 시절을 떠오르게 하는 추억의 냄새예요."

마나의 눈매가 둥글게 휘었다.

"아카네 씨도 한번 발라보실래요? 손이 아기 뺨처럼 촉촉해져요."

"네, 저도 발라볼래요."

아카네도 마나가 손등에 짜준 핸드크림을 펴 발랐다. 약초처럼 씁쓸한 풀내가 나는가 싶더니 이윽고 우유처럼 달콤한 향이 감돌았다.

"꼭 할머니 냄새 같네요. 옛날 생각 나요."

아카네가 말하자 마나와 고바야시 씨가 동시에 웃음을 터트렸다.

"맞아, 딱 그거야."

고바야시 씨가 눈가에 고인 눈물을 훔쳤다.

"……아침에는 미안했어. 딸아이에게 세탁기 사용법을 물어보겠네."

"꼭 그렇게 해주세요. 비가 계속 내릴 때나 부피가 큰 것을 빨 때는 꼭 저희 가게 건조기를 이용해주시고요."

마나가 미소 지었다.

"제가 사모님한테서 비밀 얘기 많이 들었거든요? 고바야시 씨가 오실 때마다 조금씩 알려드릴게요."

마나가 장난스러운 표정으로 웃었다.

아카네는 가게 안에 손님이 없는지 확인하고 스태프 공간에 들어가 마나의 세탁 대행 일을 거들었다. 완성된 세탁물을 발송하기 위해 볼펜으로 송장에 주소를 또박또박 적었다.

"고바야시 씨 부인, 돌아가시기 직전까지도 집안일을 혼자 하신 거죠? 고집 센 남편 때문에 고생 많이 하셨겠어요."

3년 전에 입원은 물론 재활 훈련이 필요할 만큼 크게 다쳤다고 들었다. 아내한테 집안일을 전부 떠넘겨버리고 자기는 아무것도 하지 않다가 아내가 죽고 나서야 일상생활에 어려

움을 겪는 고바야시 씨를 보고 있자니 왠지 화가 났다.

"제가 아는 고바야시 씨 부인은 집안일을 무척 좋아하는 분이셨어요. 직접 만들어주신 청소 슬리퍼와 먼지떨이도 참 쓰기 편했는데……."

"직접 만든 청소 슬리퍼랑 먼지떨이……."

아카네는 그게 어떤 건지 상상이 가지 않았다.

"하지만 고바야시 씨보다 사모님이 고집이 더 세셨어요. 사모님은 자신이 맡은 일에 관해선 조금도 타협하지 않는, 완벽주의를 추구하는 장인 같은 분이셨거든요."

"어떤 분야의 장인요?"

"집안일 장인요."

마나가 낯선 단어를 힘주어 말했다.

"집안일 장인……?"

"사모님은 집안일이라는 업무를 진심으로 즐기던 분이셨어요. 퇴직 후에 여유가 생긴 남편이 도와준답시고 장인 업무의 완성도를 떨어뜨리는 것을 용납할 수 없었는지도 몰라요."

마나는 우스갯소리 하듯 말했다.

"그러면 고바야시 씨가 집안일이 귀찮아서 부인에게 떠넘긴 게 아니라는 말인가요?"

"사람은 원래 자기가 중요하게 여기는 일이나 자신 있는 일에 대해서는 아무래도 기준이 높아지니까요."

"정말 그런 거라면 고바야시 씨는 어느 날 갑자기 혼자 내팽개쳐진 셈이니 딱하게 됐네요."

마나가 고개를 끄덕였다.

"사모님도 설마 자신이 먼저 갈 줄은 모르셨을 거예요. 집안일에 철저하신 분이니 분명 남편의 간병이나 임종에 관해서도 다 생각해놓으셨을 테니까요."

슬퍼졌는지 마나가 눈썹을 늘어뜨렸다.

"세상은 계속 변해요. 옛날 가치관으로 요즘 사람들을 비판해서는 안 되듯, 우리도 지금의 가치관으로 이전 세대의 삶을 부정하지 않도록 조심해야 해요. 요양원에서 일할 때 항상 그렇게 스스로 되뇌곤 했어요."

"하긴 그건 그렇네요. 그렇게 생각하면 결혼 상대에게 집안일과 육아를 완벽하게 해주길 바라는 오쓰카 씨의 마음도 아주 조금은 이해할 수 있을 것 같기도 해요. 오쓰카 씨는 시대에 뒤처진 꼰대 아저씨니까 어쩔 수 없겠죠."

아카네는 살짝 빈정거리듯 웃으며 말했다.

"그 사람은 서른다섯이라 저보다 어린데요?"

마나가 실소했다.

"네? 마나 씨 몇 살인데요?"

"서른여덟이요. 제가 말 안 했었나요?"

아카네가 경악했다.

"처음 들어요! 전 틀림없이 서른 초반일 거라고 생각했는데."

"직장에서 젊게 보여봤자 좋을 건 없죠."

"네? 아니에요. 안 그래요."

자동문이 열리는 소리가 나서 아카네는 서둘러 스태프 공간을 빠져나왔다.

"미쓰루 선생님이셨군요. 어서 오세요."

"딱히 용건은 없지만 지나가는 길이어서 잠깐 들렀어요."

클리닝 다카오카의 회색 앞치마를 걸친 미쓰루였다. 딱히 용건이 있어 온 것은 아니라고 하니 어떻게 응대해야 할지 몰라 당황스러웠다. 곧 마나가 카운터에 모습을 드러냈다.

"안녕하세요. 지난번에 아기 모자 챙겨주셔서 고마웠어요. 가미야 씨에게 전해드렸더니 아주 기뻐하셨어요. 이번엔 아기 턱받이를 두고 가시긴 했지만요."

"아기 물건은 자잘한 것이 많아서 잃어버리기 쉽네요."

마나와 미쓰루가 마주 보며 웃었다.

"그런데 저기, 아카네 씨."

미쓰루가 아카네를 바라보았다.

"혹시 시간 되시면 다음에 또 저랑 같이 리스토란테 다카오카에 안 가실래요?"

"양갈비 먹으러요?"

반사적으로 되물었다. 아카네는 미쓰루와 리스토란테 다카오카에 갔던 일을 마나에게 얘기했었다. 아카네는 군침을 꿀꺽 삼켰다.

"죄송해요. 사실 양고기는 자주 들어오는 재료가 아니라서요. 앞으로 적어도 반년은 세트 메뉴로 안 나올 것 같아요."

미쓰루는 미안하다는 듯 말했다.

"그럼, 왜요? 아, 혹시 미쓰루 선생님이 추천하고 싶은 메뉴가 있으신가요?"

"아뇨. 어떤 고기가 나올지 전혀 모르지만, 아카네 씨만 괜찮다면 리스토란테 다카오카에서 또 한 번 같이 식사하고 싶어서요."

아카네를 올려다보는 미쓰루의 뺨이 발그레했다.

"네……?"

저도 모르게 카운터 쪽을 돌아보았지만, 마나는 어느새 가버리고 없었다. 나름대로 배려하느라 자리를 피해준 것인지 그저 일하러 자리로 돌아간 것인지 알 수 없었다.

'마나 씨, 좀 더 같이 있어주시지 그러셨어요.'

그때 마침 자동문이 열렸다.

"안녕~ 요즘 갑자기 날이 따뜻해졌네. 이제 슬슬 히트텍 담요는 넣어놓을까 싶어서 또 왔어. 여기서 담요도 빨 수 있지?"

커다랗게 부푼 종이백을 어깨에 멘 오쓰카였다. 띠어리라는 여성 의류 브랜드가 심플한 서체로 적혀 있어서, 헤어진 전처가 집에 두고 간 종이백이라는 사실을 한눈에 알 수 있었다.

"아, 혹시 내가 한창 좋은 시간을 방해한 건가?"

오쓰카가 들어오다 말고 멈칫했다.

"일하시는 중인데 죄송합니다."

미쓰루가 당황한 듯 아카네와 오쓰카에게 꾸벅 고개를 숙이고는 밖으로 나갔다.

"정말 내가 방해했나 보네, 미안."

오쓰카가 미쓰루의 뒷모습을 눈으로 좇았다.

"아, 아니에요. 그런 거."

"그래? 그럼 무슨 얘기 중이었어? 저 사람 분위기가 꼭 '또 저랑 같이 식사하러 안 가실래요?' 하고 데이트 신청하러 온 것 같던데……."

"듣고 있었어요?"

아카네는 날카로운 목소리로 물었다.

"헐! 진짜 그랬어? 젊음이 좋긴 좋네."

"남의 사생활에 신경 좀 꺼주시죠? 미쓰루 선생님한테 실례라고요. 참, 담요를 세탁하고 싶으시댔죠? 담요 한 장 정도는 일반 세탁건조기에 돌려도 상관없어요. 양이 많으면 안쪽에 있는 대형 세탁건조기를 쓰는 편이 좋지만요."

"오늘은 한 장만 가져왔어. 조만간 겨울 침구를 모아서 가져올게. 건조기를 두 대로 나눠서 돌린다고 해도 세탁소에 맡기는 것보단 훨씬 싸더라고."

"세탁소의 드라이클리닝이랑 코인 세탁소의 세탁은 전혀 다르거든요?"

"응? 뭐가 다른데?"

"제가 알기론 드라이클리닝은 물을 쓰지 않고 특수한 용매를 이용해……."

마나가 가르쳐준 지식을 떠올리면서 설명하려고 하는데 오쓰카가 "미안, 잠깐만" 하고 말을 자르더니 주머니에서 핸드폰을 꺼냈다.

"왜? 무슨 일인데?"

심기 불편한 목소리로 전화를 받았다.

"뭐……?"

오쓰카는 눈을 크게 뜬 채 잠시 말을 잇지 못했다.

"잘됐네!"

세탁소 안이 다 울릴 만큼 큰 소리로 말했다.

"응, 그래. 잘됐어! 정말 축하해! 일부러 전화해서 알려주고 고마워. 그래, 응. 근데 나 지금 일하는 중이라서, 응."

전화를 뚝 끊었다.

"……일하는 중은 아니지만."

아카네를 향해 오쓰카가 쓴웃음을 지어 보였다.

"그러게요."

맞장구를 친 아카네는 "혹시 무슨 일 있어요?" 하고 작은 목소리로 물었다.

"전처가 재혼한대. 아니, 헤어진 지 1년밖에 안 됐거든?"

오쓰카는 그렇게 말하면서도 어떻게 해야 할지 모르겠다는 얼굴이었다.

"그래서 축하한다고 말한 거군요."

"……아들 두 놈 다 그 사람을 참 잘 따른다고 하네. 애들이 아빠가 되어줬으면 좋겠다고 말해서 재혼을 결심하게 됐대."

"행복해 보이니 다행…… 아닌가요?"

"맞아, 다행이지! 정말 다행이야!"

오쓰카가 애써 밝은 목소리로 말했다.

"아, 오쓰카 씨. 전에 우리 아카네 씨를 도와주셨다고 들었어요. 고맙습니다."

마나가 커다란 배송용 세탁 가방을 끌어안고 카운터로 나왔다.

"감사하다는 뜻에서 오늘 커피는 서비스로 드릴게요."

"아, 근데 오늘은 가봐야 할 것 같아요. 약속 있는 걸 깜빡해서."

그렇게 마나를 보고 싶어 하더니, 오쓰카는 마나의 얼굴도 제대로 보지 않고 도망치듯 밖으로 뛰어나갔다.

"오쓰카 씨, 담요 두고 가셨어요!"

작업대 위에 놓인 종이백을 뒤늦게 알아차린 아카네가 서둘러 따라 나갔지만, 오쓰카의 모습은 이미 보이지 않았다.

제5장

메탈리카 티셔츠

올해 골든 위크 연휴엔 날씨가 전국적으로 꽝이었다.

옷장에 정리해 넣어둔 다운 점퍼를 다시 꺼내야 하는 건 아닐까 싶을 만큼 기온이 떨어진 데다 차가운 비가 추적추적 내리는 날과 우중충하게 흐린 날이 반복되었다. 가루이자와에서는 눈 소식까지 들려왔다.

아쉬운 연휴의 마지막 날인 일요일, 요코하마 코인 세탁소는 그동안 밀린 빨래를 세탁하려고 찾아온 손님들로 개업한 이후 최고로 붐볐다. 가게 안의 모든 기계와 스태프 공간 안쪽에 있는 대형 세탁건조기와 신발 전용 세탁기까지 모두 사용 중인 건 자주 볼 수 있는 광경이 아니었다.

내일 아침에 발송해야 하는 세탁 대행용 빨래들이 잔뜩 쌓여 있어서 오늘은 아카네도 야근이 확정이었다.

"골든 위크는 정말 날씨 영향을 많이 받네요. 날씨만 좋으면 가장 좋은 계절인데 말이죠. 여행이나 나들이를 계획하고 있던 사람들, 참 안됐어요."

날이 어두워지고 나서야 겨우 틈이 생긴 아카네는 다 갠 빨래를 세탁 가방에 담고 있는 마나를 돕기 위해 스태프 공간으로 넘어왔다. 마나가 갠 빨래는 매장에 진열된 옷처럼 똑같은 크기로 반듯하게 쌓여 있었다.

"여행이나 나들이 계획이 없었던 사람들에게는 다행이었을 거예요. 일본 어느 지역이든 모두가 비 내리는 하늘 아래 아쉬운 마음으로 연휴를 보냈으니까요."

마나는 계속 손을 움직이며 말했다.

"그런 걸 다행이라고 할 수 있나요?"

마나가 마치 크리스마스에 행복해 보이는 연인들을 부러워하는 사람처럼 얘기하는 게 재미있어서 아카네는 웃었다.

"그러고 보니 오쓰카 씨, 연휴에도 담요를 가지러 오지 않았네요."

아카네는 스태프 공간 구석에 놓인 커다란 종이백으로 시선을 돌렸다. 오쓰카도 자기가 담요를 두고 갔다는 사실을 잊지는 않았을 것이다.

"전처의 재혼 소식이 담요를 깜빡할 정도로 충격이었던 걸까요? 전처한테 미련이 남아 있는데도 마나 씨에게 집적거린 거라면 그야말로 자업자득이네요."

아카네는 오쓰카가 정말이지 지조 없는 아저씨라고 생각하면서도 한편으론 조금 걱정되었다. 언제나 잘난 척 여유로운 척하던 사람이 당황해서 서둘러 뛰쳐나간 게 역시나 마음에 걸렸다.

"연휴 내내 추워서 담요가 필요했을 텐데."

마나도 같은 마음인 듯 종이백에 시선을 주며 말했다.

"가족이랑 살던 아파트에서 혼자 산다고 했지요? 그렇다면 아마 전처나 아이들이 놓고 간 담요가 남아 있을 거예요."

"……그건 그거대로 또 딱하네요."

마나가 걱정스레 중얼거리는 말을 듣자, 귀여운 캐릭터가 그려진 어린이용 담요에 몸을 말고 혼자 덩그러니 있는 오쓰카의 모습이 상상되었다. 아카네는 그것을 떨쳐내듯 부러 밝은 목소리로 말했다.

"오쓰카 씨는 아마 괜찮을 거예요. 어쩌면 무리해서 조깅을 하다가 넘어지는 바람에 골절로 입원해 있을지도 몰라요. 다음 주쯤엔 목발을 짚고 '아이고, 큰일 날 뻔했지 뭐야~' 하고 호들갑을 떨면서 나타날 거예요."

"아카네 씨, 그건 전혀 괜찮은 일이 아닌 것 같은데요?"

"저기, 잠시만요."

카운터 쪽에서 여자 손님이 조심스럽게 부르는 소리가 들렸다.

“아, 네! 지금 가요!”

아카네는 서둘러 카운터로 향했다. 비 내리는 날이 이어지면 때때로 건조기를 이용하러 오는 여자 손님이었다. 나이는 아카네 또래인 듯했다. 커피를 좋아해서 막 내린 커피를 건네면 “고맙습니다. 전 여기 커피가 참 맛있더라고요” 하고 활짝 웃으며 받아 들던 모습이 기억에 남아 있었다.

“아, 안녕하세요.”

손님을 기억하고 있다는 뉘앙스를 넌지시 풍기며 인사했다.

“저기…… 이건 전문 기관에 연락하는 편이 좋을 것 같긴 한데, 일단 그 전에 여기 직원분한테도 알려드려야 할 것 같아서요.”

“전문 기관……이요?”

대체 무슨 이야기인지 감이 잡히지 않았다. 아카네는 고개를 갸웃거렸다.

“밖에 있는 남자아이요.”

“네?”

여자가 재빨리 뒤를 돌아보았다.

“밖에 앉아 있는 애, 좀 이상해 보이지 않나요?”

여자 손님이 목소리를 낮추면서 말했다.

“누가 앉아 있나요? 죄송해요. 몰랐어요.”

놀라서 몸을 내밀어 확인해보니 과연 도로 쪽으로 난 통유리창 바깥 끄트머리에 어떤 남자아이의 뒷모습이 보였다. 그 옆에는 컵라면 용기와 마시다 남은 페트병 음료수가 놓여 있었다.

벽시계를 보니 밤 9시가 지난 시각이었다. 아마 연휴라서 밤까지 놀다가 밝은 조명에 이끌려 여기까지 온 모양이었다. 자칫 소란을 피우거나 가게 앞을 어질러 민폐를 끼칠 수 있었다.

"알려주셔서 고맙습니다. 제가 바로 나가볼게요."

여자 손님에게 그렇게 말하고 아카네는 스태프 공간으로 돌아갔다.

"마나 씨, 가게 앞에 비행 청소년이 있어요. 손님들이 불편해할지도 모르니 쫓아버리고 올게요."

아카네는 청소 중임을 가장하면서 혹시나 모를 돌발 상황에 대비해 호신용으로도 쓸 수 있는 대걸레를 손에 쥐었다.

"비행 청소년이요?"

마나가 의아한 표정으로 작업하던 손을 멈추었다.

"잠깐만요. 저도 갈게요."

마나가 함께 가준다고 하니 마음이 놓였다.

경찰 특집 프로그램에서 이런 광경을 많이 봤다. 주의를 주었을 때 "죄송해요!" 하고 순순히 사과하고 자리를 뜨는 평화로운 결말은 좀처럼 상상되지 않았다.

이럴 때는 혼자보다 둘인 편이 훨씬 든든했다. 아카네는 마나와 함께 밖으로 나갔다.

요코하마 코인 세탁소의 통유리에 등을 기대고 쭈그려 앉은 소년은 핸드폰을 하느라 정신없어 보였다. 비행 청소년들이 여러 명 진을 치고 있는 줄 알았는데 아무래도 기우였던 모양이다. 오직 힙합 댄서처럼 오버사이즈의 옷을 입은 남자아이 혼자 앉아 있을 뿐이었다.

아카네가 불현듯 상황을 눈치챘다. 남자아이는 코인 세탁소의 와이파이로 모바일 게임을 하고 있었던 것이다.

"학생, 잠깐 나 좀 볼래?"

아카네가 용기 내어 목소리를 낮게 깔고 말을 건 순간, 남자아이가 용수철이 튀어 오르듯 자리에서 벌떡 일어났다. 그러고는 날카로운 눈빛으로 아카네를 노려보고 역이 있는 쪽을 향해 전속력으로 뛰어갔다.

"어, 어? 저기, 얘!"

어안이 벙벙했다. 발밑에는 컵라면 용기와 일회용 젓가락, 마시다 남은 페트병 콜라가 남겨져 있었다.

"어서 오세요. 일행이 있으신가요?"

리스토란테 다카오카에 들어서자 처음 보는 남자가 맞아주었다. 하얗게 센 머리칼로 보아 나이는 60세 전후인 듯했다. 주름 하나 없이 푸르스름한 빛이 도는 새하얀 셔츠를 입고 있었다. "저희 어디서 만난 적 있나요?" 하고 묻고 싶을 만큼 낯익고 친근한 얼굴이었다.

"아카네 씨, 이쪽이에요. 아버지, 이분이 아라이 씨의 요코하마 코인 세탁소에서 일하는 나카지마 아카네 씨예요."

미쓰루가 안쪽 자리에서 손을 흔들었다.

"미쓰루 씨 아버님이시군요. 안녕하세요."

아카네는 깜짝 놀라 눈이 커진 채 인사했다.

"네, 안녕하세요. 편하게 있다 가세요."

다카오카 형제의 아버지가 고개 숙여 깍듯이 인사하고는 주방으로 돌아갔다. 홀에는 아카네와 미쓰루만 남았다.

"아버님이 홀 서빙을 하고 계실 줄은 몰랐어요."

그러고 보니 이 가게는 지금까지 조리도 서빙도 오사무가 직접 혼자 하고 있었다.

"세탁소 일은 이제 은퇴하신 건가요?"

"아뇨, 아직 현역이세요. 오늘도 종일 아버지랑 같이 다림질하다 왔는걸요."

"그러면……."

"실은 홀 서빙을 맡고 있던 제수씨가 집에서 애를 봐야 해서 한동안은 오사무 혼자 가게를 보고 있었어요. 하지만 골든위크 연휴에는 아무래도 손님이 몰려서 세탁소 일이 끝나는 대로 아버지와 제가 교대로 거들어주고 있어요. 다행히 세탁소와 레스토랑의 피크타임이 달라서요. 어머니는 애 보느라 정신없는 제수씨를 도와주고 계시고요."

그러니까 최근 다카오카 집안 사람들은 모두 하루 종일 일하고 있다는 말이었다.

"어머, 그렇게 바쁜 시기인데 죄송해요."

"아니에요. 지금만 좀 바쁜 거예요. 평소엔 전혀 안 바쁩니다."

그때 문이 열리며 커플 손님이 들어왔다.

"어서 오세요. 혹시 예약하고 오셨습니까?"

미쓰루의 아버지가 온화한 미소로 손님을 맞더니 자연스럽게 커플의 외투를 받아 들었다. 마치 오랫동안 서버로 일했던 사람처럼 군더더기 없는 동작이었다.

"평소 다림질 작업할 때는 저랑 거의 말을 안 하세요."

미쓰루가 살짝 귀띔해주었다. 둘이 나란히 서서 다림질하는 모습을 떠올려봤다. 미쓰루가 메뉴판을 펼쳐서 아카네에게 보여주었다.

"오늘 디너 세트 메뉴에 양갈비는 없지만, 대신 오리 로스구이가 있어요. 이것도 여기선 잘 안 나오는 특별 메뉴에 속해요."

"저, 오리고기도 아주 좋아해요! 근데 좀처럼 먹을 기회가 없어서……."

미쓰루와 처음 만난 날, 갑자기 비가 와서 자신과 마나를 차로 데려다줄 때 나누었던 대화가 떠올랐다.

"그럴 줄 알았어요. 그럼 오리고기로 주문할게요."

미쓰루가 메뉴판을 닫고 고개를 끄덕였다.

"오늘 초대해줘서 고마워요."

아카네는 조금 긴장한 얼굴로 말했다.

"아닙니다. 저야말로 말을 이상하게 해서 죄송하죠. 와줘서 고마워요."

미쓰루가 수줍어하며 답했다. 오쓰카의 훼방으로 흐지부지됐던 약속은 나중에 미쓰루가 전화로 다시 물어본 덕분에 오늘 저녁으로 성사됐다.

문이 열리고 또 손님이 들어왔다.

"어서 오세요."

"예약 안 하고 왔는데 괜찮을까요?"

"몇 분이시죠?"

"여섯 명이요."

"여섯 분이시면…… 네, 가능합니다. 자리를 준비해드릴 테니 잠시만 기다려주세요."

"저희도 부탁드릴게요. 두 명이요."

오늘은 리스토란테 다카오카에도 손님이 줄을 이었다.

"어서 오세요. 혹시 예약은……."

"네, 예약했어요. 6시에 두 명이요. 너무 일찍 왔나요?"

"아뇨. 잠시만 기다려주시면 바로 안내해……."

미쓰루가 입구 쪽을 바라보았다. 홀은 거의 만원이었다.

"잠깐 거들고 와도 될까요?"

미쓰루가 미안한 표정으로 물었다.

"아, 네."

"죄송해요. 연휴가 끝나서 오늘은 손님이 많지 않을 줄 알았는데."

미쓰루가 무릎 위의 냅킨을 가볍게 접어 의자 위에 내려놓았다. 손님에게 다가가는 미쓰루의 얼굴이 접객 모드로 바뀌는 것을 보자 아카네는 자신도 모르게 말이 튀어나왔다.

"저, 저기! 미쓰루 선생님!"

"네? 왜 그러세요?"

미쓰루가 놀란 표정으로 돌아보았다.

"저도 도와드려도 될까요?"

"네?"

미쓰루의 눈이 휘둥그래졌다.

"저만 가만히 앉아 있으려니 죄송해서요. 가게 일, 저도 같이 도울게요!"

재차 말하자 미쓰루의 입매가 허물어졌다.

"그래 주시면 저야 감사하죠. 그럼 주방 일을 도와주시겠어요?"

"네!"

아카네는 힘차게 자리에서 일어났다.

그 이후로 4인 손님이 두 팀 더 들어왔다. 그다음엔 2인 손님이 세 팀. 앞에 온 손님이 나가면 바로 다음 손님이 들어오는 식으로 손님이 꼬리에 꼬리를 물었다. 몇 팀은 자리가 없어서 돌려보내야 했다. 눈코 뜰 새 없이 바쁘다는 표현은 바로 이런 걸 두고 하는 말이 아닐까 싶었다.

아카네는 주방에서 접시를 닦다가 요리가 나오면 미쓰루에게 전달하는 등 보조로서 열심히 일했다. 신기하게도 요리하는 오사무의 주변만 시간의 흐름이 다르게 느껴졌다. 오사무는 재료를 익히는 동안 절대 조바심을 내지 않았고 주방 카운터 위에 전표가 밀려 있어도 주문받은 메뉴를 하나하나 정성 들여 조리했다.

미쓰루와 아버지는 그런 오사무에게 불평 한마디 없이 밝은 표정으로 분주하게 움직이며 거들었다. 모든 손님이 만족스러운 얼굴로 가게를 떠난 것은 밤 10시 15분이 지났을 무렵이었다.

"세 분 다 수고 많으셨어요. 아버지와 미쓰루 그리고 아카네 씨도 정말 감사합니다. 아카네 씨와 미쓰루는 오늘 손님으로 오셨는데 오히려 일을 하게 해서 진짜 죄송해요. 이 은혜는 다음에 꼭 갚을게요. 그러니 오늘은 이걸로 봐주세요. 리스토란테 다카오카에서 준비한 특별 직원식 되겠습니다."

오사무가 주방 카운터에 하얀 접시 세 개를 내려놓았다. 메뉴에는 없는, 달콤하고 매콤한 간장 냄새를 풍기는 음식이었다.

아카네의 배꼽시계가 꼬르륵 울렸다.

"고기말이 주먹밥이에요. 요리하다 남은 고기로 만든 거라 보기에는 좀 그래도 맛은 보장합니다! 드셔보세요!"

"고기말이 주먹밥……이요?"

이름부터 맛있어 보이는 그 음식은 아카네도 익히 알고 있었다. 하지만 엄마가 해준 적은 없었고 주먹밥인데도 손으로 들고 먹기가 곤란해 보여 실은 여태까지 한 번도 먹어볼 기회가 없었다.

"잘 먹겠습니다."

미쓰루와 그의 아버지와 셋이서 접시를 들고 4인석 테이블에 앉아 일회용 젓가락으로 고기말이 주먹밥을 먹기 시작했다. 전체적으로 매콤달콤한 소스가 뿌려져 있었고 주먹밥을 감싼 삼겹살은 살짝 맵싸한 소금과 후추로 간이 되어 있었다. 밥은 절반 정도만 소스가 배어 있고 식감은 찹쌀떡처럼 쫀득쫀득했다. 서서 하는 일에 익숙지 않아 녹초가 된 상태에서도 부담스럽지 않고 자극적이지 않은 맛이었다.

"맛있어요. 이렇게 맛있는 주먹밥은 처음이에요."

느끼하지도 않아서 얼마든지 먹을 수 있을 것 같았다.

"다행이네요. 고기말이 주먹밥은 어떻게 해도 잘 부서져서 밥에 찹쌀을 섞어 찰지게 했어요. 차이나타운의 소문난 맛집에서 파는 쭝쯔에서 아이디어를 얻었죠."

오사무가 의기양양한 얼굴로 가슴을 펴며 말했다.

"아, 그거! 먹어본 적 있어요. 그것도 맛있죠. 얼마 전 마나 씨가 점심으로 사다 주셨거든요. 우연히 식당 앞을 지나가는데 웬일인지 줄을 선 사람이 한 명도 없더라면서."

아카네의 말에 미쓰루가 믿을 수 없다는 반응을 보였다.

"네? 아니, 그걸 어떻게 샀대요? 전 이렇게 가까이 살고 있는데도 인터넷으로 예약해 반년 넘게 기다려서 겨우 먹었는데……. 운이 좋네요."

"확실히 마나 씨는 운이 좋은 것 같아요."

아카네는 미쓰루와 마주 보며 웃었다.

"어, 근데 오사무 씨는 고기말이 주먹밥 안 드세요?"

오사무 역시 배가 고플 터였다.

"저는 집에 가서 아내랑 같이 먹으려고요."

오사무는 주방을 돌아보았다. 카운터 위에 밀폐 용기가 놓여 있었다.

"아, 그럼 전 그만 가볼게요. 정말 잘 먹었습니다."

아카네는 밥풀 하나 없이 싹싹 비운 접시를 들고 자리에서 일어났다.

"저희가 치울 테니 접시는 그냥 두세요. 데려다줄게요."

미쓰루도 자리에서 일어났다.

"……그럼, 다음에."

그때 미쓰루의 아버지가 불쑥 입을 열었다. 그러고 보니 그는 아까부터 한마디도 하지 않았다. 홀에서 손님을 상대하느라 바쁘게 뛰어다니며 짓던 미소는 어느새 사라지고 얼굴이 살짝 굳어 있었다. 그러나 신기하게도 아카네는 그 모습이 불편하지 않았다. 그저 조용한 사람이구나 하는 생각이 들었다.

"네."

아카네는 미쓰루의 아버지를 똑바로 보면서 뒤에 이어질 말을 기다렸다.

"……꼭 오리고기 먹으러 다시 오세요."

미쓰루의 아버지는 그렇게 말한 후 아카네의 얼굴에서 시선을 돌려 고기말이 주먹밥을 입에 넣었다.

'부끄러우신가 보네.'

무슨 말을 할까 궁금해서 나름대로 마음의 준비를 하고 있었던 아카네는 그 말에 긴장이 확 풀렸다.

"네, 꼭 그럴게요. 고맙습니다."

아카네가 생긋 웃었다.

문득 고등학교 축제 때 베이커리 카페를 운영했던 일이 생각났다. 그때도 반 아이들과 함께 수없이 회의하고 시행착오를 거치며 다양한 문제를 극복해나갔다. 모두 힘을 합쳐 최선을 다했던 베이커리 카페는 운영하는 동안 정말 즐거웠다. 유명한 베이커리 카페에 손님으로 찾아가는 것보다도 훨씬 재미있었다. 리스토란테 다카오카에서 미쓰루와 그의 가족과 함께 일했던 시간은 부동산 회사에서 절망적일 만큼 바빠 까맣게 잊고 있었던, 축제 때 즐겁게 일했던 추억을 다시금 떠올리게 했다.

“아카네 씨, 차로 데려다줄게요.”

“네? 아뇨, 괜찮아요. 혼자 갈 수 있어요.”

아카네는 당황해서 손사래 치며 말했다. 가게 앞까지만 따라 나올 줄 알았던 미쓰루가 태워준다고 하자 화들짝 놀라고 말았다.

“아뇨, 그럴 순 없어요. 이렇게 늦은 시간까지 일을 도와주셨으니 당연히 집까지 바래다 드려야죠.”

그 말을 듣고서야 벌써 밤 11시가 넘었다는 사실을 깨달았다. 야토자카는 완전히 깜깜해져서 지나다니는 사람이 거의 없었다.

“그럼 부탁드릴게요.”

고맙습니다, 라고 덧붙이자 그때까지 알게 모르게 긴장으로 굳어 있던 몸에서 힘이 탁 풀렸다. 레스토랑에서 클리닝 다카오카까지 몇 분 안 되는 언덕길을 미쓰루와 나란히 올랐다.

"오늘 죄송합니다. 맛있는 저녁을 사 드리려고 했는데 오히려 부려먹었네요."

"아니에요. 아주 즐거웠어요. 오사무 씨가 셰프로 일하는 모습도 멋있더라고요."

아카네는 고개를 내저으며 말했다.

미쓰루가 아카네보다 10센티미터 정도 키가 작아서 눈높이를 살짝 낮추고 이야기했다.

"기분 좋은데요? 오사무를 칭찬하는 얘길 들으면 꼭 제가 칭찬받는 느낌이 들어요."

미쓰루의 옆모습은 온화하고 다정했다.

"사이가 좋으시네요. 저희 가족은 딱히 사이가 안 좋은 건 아닌데 누가 아빠나 엄마를 칭찬하면 '에이, 아니에요' 하고 겸손 떠는 걸로 끝이거든요."

미쓰루가 웃음을 터트리더니 아카네 쪽으로 고개를 돌렸다.

"아카네 씨는 외동이에요?"

"네, 형제가 없고 부모님은 맞벌이셨어요. 베드타운•에 사는 쿨하고 전형적인 핵가족이에요."

• 대도시에 직장을 가진 사람들의 거주지 역할을 하는 위성도시.

"베드타운이라면, 이 근처 출신이겠네요?"

"사이타마예요. 하지만 제가 나고 자란 집은 이제 사이타마에 없어요."

아카네는 눈썹을 축 늘어뜨렸다.

"부모님이 고향에 내려가셨나 봐요?"

"네. 아니, 제 얘기 좀 들어보세요. 저희 부모님, 아빠가 정년퇴직하자마자 바로 홋카이도로 귀향해버린 거 있죠? 게다가 제가 제일 좋아하는 우리 네네까지 데리고 가버렸어요."

아카네가 부동산 회사에 입사한 지 딱 1년째 되던 해였다.

'네 아버지도 정년퇴직했고 너도 이제 네 앞가림은 할 수 있으니 우리는 홋카이도에 가서 살기로 했어.'

수화기 너머로 들려오는 엄마의 목소리가 무척 밝고 여유로워서 일이 힘들어 죽겠다는 말이 차마 입에서 떨어지지 않았다. 그때부터 멀리 떨어져 있는 부모님께 걱정 끼치고 싶지 않아서 부동산 회사를 그만둔 사실조차 아직 말하지 못했다.

"근데 네네는 누구예요?"

미쓰루가 키득거렸다.

"네네는 올해로 열두 살인 골든리트리버예요. 귀엽고 순한 아이죠. 나이도 많은데 갑자기 혹독한 겨울 땅인 홋카이도로 데려갔으니 아마 지금쯤 추워서 벌벌 떨고 있을 거예요."

"홋카이도는 추운 지역인 만큼 난방 설비가 잘 갖춰져 있어서 실내는 오히려 요코하마보다 더 따뜻하다던데요?"

"그래도 산책하러 나갈 때마다 얼어 있을 게 분명해요. 부모님은 두 분 다 홋카이도 출신이라 눈에 익숙하시거든요. 그러니 눈 오면 다짜고짜 네네한테 썰매를 끌게 하진 않을지 걱정돼 죽겠어요."

아카네가 뺨을 부풀렸다.

"아카네 씨는 사랑을 많이 받고 자라셨군요."

생각지도 못한 말에 얼떨떨했다. 그건 내가 아니라 당신이겠지, 하는 생각도 들었다.

"어떤 점이 그래 보이나요?"

아카네가 물었다.

"부모님과 네네가 보고 싶어 죽겠다는 얼굴을 하고 있으니까요."

눈이 커졌다. 아카네는 저도 모르게 숨을 멈추었다.

그때, 핸드폰이 울렸다. 번쩍 정신이 든 아카네가 "잠시만요" 하고 액정을 확인했다. 메신저 알림이었다.

"응? 마나 씨가? 헐, 말도 안 돼."

화면에 뜬 문장이 믿기지 않았다.

"무슨 일이라도 있어요?"

"마나 씨가 움직이기 힘들 만큼 두통이 꽤 심하다고 하네요. 내일은 쉬고 싶다고 연락이 왔어요."

서둘러 답장을 보냈다.

—가게는 저한테 맡겨주세요. 하지만 너무 걱정되니까 꼭 병원에 다녀오세요.

금세 읽음 표시가 떴다.

—네, 알았어요. 내일도 안 좋으면 그렇게 할게요. 아카네 씨, 폐를 끼쳐 죄송해요.

곧이어 도착한 답장을 읽자, 아카네의 가슴속에 불안이 스멀스멀 피어올랐다.

'죄송합니다. 개인 사정으로 오늘은 세탁 대행 서비스를 운영하지 않습니다.'

지나가는 사람들 눈에 잘 띄도록 도로 쪽으로 난 유리창에 크게 써 붙였다. 마나 씨는 가게 안에 뭘 써 붙이는 걸 싫어하는데, 하는 생각이 들어 조금 울적해졌다. 하지만 위압감을 주는 주의 문구가 아니라 세탁 대행 서비스 이용 손님을 향한 메시지니까 아마 이해해줄 것이다.

그날은 미쓰루가 아파트 앞까지 차로 데려다주었다. 오는 내내 이튿날 아침 일찍 혼자서 요코하마 코인 세탁소의 문을 열어야 한다는 생각에 머릿속은 혼란 그 자체였다. 차 안에 단둘이 있다는 사실로 긴장할 틈도 없었다.

"전 괜찮으니 마나 씨와 연락하세요."

미쓰루의 배려에 안심하고 마나가 잇달아 보내주는 가게 자동문 비밀번호와 포스기 사용법을 비롯한 업무 지시를 집중해서 읽었다. 집에 돌아오고 나서는 서둘러 샤워한 후 바로 자려고 했지만, 생각이 많아져서 좀처럼 잠이 오지 않았다.

아침부터 가게를 찾는 손님 한 명 한 명에게 평소보다 더 신경 써서 응대하는 사이 시간은 빠르게 흘러갔다. 가게가 한산해졌을 즈음 시계를 보니 벌써 오후 1시 반이었다.

'배고프네.'

작게 한숨을 내쉬었다.

— 휴식 시간은 자유롭게 가지시면 됩니다. 아카네 씨가 알아서 하세요.

마나가 보내온 메시지의 담백한 문장을 떠올렸다.

코인 세탁소는 원래 무인 시스템이어서 가게 안에 직원이 없어도 이렇다 할 문제는 없을 것이다. 그렇지만 처음 이곳을 방문한 사람이 기계 사용법을 몰라 그냥 돌아가버리면 어떡하나 하는 생각이 들었다. 세탁이 끝날 때까지 기다리는 동안 마시는 커피 한잔을 기대하며 왔다가 실망하면 어떡하지. 단골손님이 왜 오늘은 직원이 아무도 없냐고 불평하면 어쩌지. 그런 생각들이 머릿속에서 소용돌이쳤다.

결국엔 '손님이 올 가능성이 있는 이상 여길 비울 수는 없어!'라는 결론에 이르렀다.

하지만 역시 배가 고파 더는 견딜 수가 없었다. 아침에 편의점에서 사 온 삼각김밥이라도 먹어야겠다 싶어 앞치마를 벗으려고 손을 뒤로 가져갔을 때 자동문이 열렸다.

"어서 오세요."

당황해서 자세를 바로 하고 고개를 든 순간, 아카네의 미소가 얼어붙었다. 가게로 들어온 사람은 오카모토 씨였다. 그는 베이지색 팬츠에 네이비색 재킷을 걸치고 운동화를 신고 있었다. 팔자 눈썹이 되어 난처한 표정으로 죄송하다는 분위기를 풍기며 들어왔다. 부동산 회사 점포에 들어왔을 때 보았던 오카모토 씨의 모습이 생생하게 떠올랐다.

"안녕하세요, 저기……."

오카모토 씨가 금세 아카네를 알아보았다.

"어, 혹시 선샤인 부동산에서 담당자로 계셨던……."

아카네의 키를 확인하듯 올려다보았다.

"네, 맞아요. 선샤인 부동산에서 일했던 나카지마입니다. 그때는 감사했습니다."

아카네는 겨우 목소리를 쥐어짜 대답했다. 식은땀이 배어 나왔다.

"아, 아니에요. 저야말로 감사했습니다. 이런 곳에서 또 만나다니 인연이네요. 나카지마 씨였구나. 다행이다. 이직하셨군요."

오카모토 씨가 안심한 표정으로 말했다.

"실은 며칠 전 여기 앞에 앉아 있던 남학생 일로 여쭤볼 것이 있어서 왔어요."

오카모토 씨가 내민 명함에는 나카구 니혼오도리 주소와 비영리단체인 NPO 법인명이 적혀 있었다. 니혼오도리는 가나가와현청과 법원이 있는 지역으로, 여기서 요코하마역 방면으로 10분 정도 걸리는 곳이었다. 명함에는 그 외에도 요코하마에 있는 몇 군데의 지명과 '어린이 식당'이라는 글자가 적혀 있었다. 오카모토 씨가 코인 세탁소에 세탁하러 온 것이 아니라 일 때문에 왔다는 사실을 깨달았다.

"그때 이후로 저도 여러 가지 사정이 있어서 회사를 옮겼어요. 지금은 요코하마를 중심으로 양육 지원이나 학대 예방 활동을 하는 법인에서 일하고 있습니다."

오카모토 씨가 자기 명함을 가리켰다.

"학대……요?"

학대라는 단어에 놀라 저도 모르게 되물었다.

"제 친구가 여기 코인 세탁소를 이용하러 왔을 때 밤에 혼자 게임을 하는 남자아이를 봤다고 알려주더라고요. 실은 다른 데서도 그 아이에 관한 이야기를 들은 참이라 어떻게든 지원받을 수 있게 도와주고 싶어요."

며칠 전 아카네에게 말을 걸었던 아카네 또래의 여자 손님이 생각났다.

"그 애가 학대를 받고 있다는 건가요?"

남학생의 날카로운 눈매와 제 몸집보다 큰 사이즈의 옷을 입은 모습만이 기억났다.

"지원이 필요한 건 확실합니다. 혹시 또 그 아이를 보시게 되면 이 명함에 적힌 번호로 연락해주시겠어요?"

"네, 그럴게요."

오카모토 씨를 배웅하고 카운터로 돌아와 선샤인 부동산이라는 단어를 떠올렸다. 제일 싫어하는 이름이었다. 듣기만 해도 몸이 움츠러드는 안 좋은 기억들이 되살아났다.

'선샤인 부동산에서 일했던 나카지마입니다.'

그 말을 입 밖으로 꺼냈을 때는 현기증이 일 지경이었다.

'죄송해요. 그때 전 제정신이 아니었어요. 지금은 절대 그런 식으로 소홀히 응대하거나 아무 물건이나 떠넘기는 짓은 안 할 거예요.'

그간의 밀린 사과를 하고 싶었다. 하지만 막상 오카모토 씨를 마주하자, 아무 일도 없었다는 듯 김이 샐 만큼 담담한 대화가 이어졌다.

자신이 선샤인 부동산에서 제대로 쉬지도 못한 채 과로에 시달리다 몸도 마음도 한계에 다다라 퇴사하고 한동안 두문

불출했을 때, 오카모토 씨도 여러 가지 사정 때문에 이직해 지금은 새로운 직장에서 열심히 일하고 있는 모양이었다. 아카네는 오카모토 씨에게서 받은 명함을 바라보며 후우, 하고 깊은 한숨을 내쉬었다.

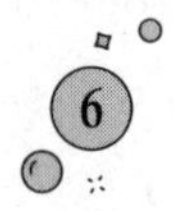

"오늘은 점장이 안 나왔다고? 거참, 아쉽군."

세탁 바구니를 끌어안은 고바야시 씨가 쓸쓸한 표정을 지었다. 첫 방문 이후 고바야시 씨는 한 달에 두 번 정도 산책 겸 요코하마 코인 세탁소에 들러서 커피를 마시며 아주 적은 양의 빨래를 세탁하고 갔다. 수염을 깎고 머리도 다듬어서 처음 왔을 때보다 훨씬 생기 있는 모습이었다. 옷차림도 조금 바뀌어서 주름이 잘 안 지고 빨리 마르는 원단의 폴로 셔츠를 입고는 했다.

"모처럼 오셨는데 죄송해요. 저희 점장님도 고바야시 씨와 이야기할 날을 기대하고 있었는데……."

마나도 이제 곧 고바야시 씨가 올 때가 되었다고 생각하던 참이었을 것이다.

"그런데 지금 입으신 셔츠는 디자인이 세련됐네요."

고바야시 씨의 셔츠 가슴팍에 있는 콜롬비아 로고에 시선을 주며 말했다. 차분한 색이면서도 젊어 보이는 디자인이 고바야시 씨에게 잘 어울렸다.

"그래? 우리 딸이 사 준 거야. 좀 칠칠치 못하게 보이지 않아?"

"아뇨, 전혀요. 아주 잘 어울리세요."

즐겁게 대화하면서 마나 씨가 지금 여기에 있었다면 고바야시 씨가 더 좋아했을 텐데 하고 아카네는 생각했다.

— 수고 많으셨어요. 오늘 고마워요. 결국 병원에는 못 갔지만, 내일 오전에 들렀다 늦어도 오후 1시까지는 출근할게요.

가게의 자동문을 잠갔다고 보고하자, 어딘가 좀 어색한 답장이 돌아왔다. 내일 병원에 간다는 말은 지금까지도 두통이 낫지 않았다는 뜻이었다.

— 마나 씨, 무리하지 마시고 편히 쉬세요. 내일도 저 혼자 가게 볼 수 있어요.

조금 지나자 답장이 도착했다.

— 고마워요.

작게 한숨을 내쉬는 정도의 시간이 흘렀다.

— 그러면, 죄송하지만 내일 하루 더 쉴게요.

'전 괜찮아요' 하고 의연한 대답을 기대했던 터라 메시지를 보고 꽤 놀랐다. 새삼 걱정이 되었다.

— 지금 병문안 가도 돼요?

이렇게 물었다가 당황해서 한 박자 늦게 다시 보냈다.

— 구호 물품 챙겨 갈게요! 입맛은 좀 있으세요?

두통으로 누워 있는 마나에게 가져갈 구호 물품이라……. 뭘 사 가는 게 좋을지 머리를 팽팽 굴렸다. 이 시간에 문을 연 곳은 편의점이나 패밀리 레스토랑 그리고 이자카야 정도밖에 없었다. 게다가 병문안을 가봤자 마나의 집 주방에서 영양 가득하고 맛있는 음식을 척척 만들어낼 만한 요리 솜씨도 없었다.

— 고마워요. 그럼 편의점에서 샐러드와 빵을 사다 주시겠어요?

아카네의 요청을 받아들여줘서 마음이 놓였다.

— 네, 물론이죠! 마나 씨 집 주소 좀 알려주세요.

— 고토부키초예요. 노동 플라자 바로 옆에 있는 주황색 건물인 고토부키 아파트 503호요.

고토부키초……. 의외였다. 마나는 평소 수다 떠는 걸 좋아하면서도 개인적인 이야기는 거의 하지 않았다. 아카네도 그런 마나를 의식해 사생활에 대해서는 되도록 물어보지 않았다.

고토부키초는 요코하마 코인 세탁소에서 야마시타 공원과 뉴그랜드 호텔이 있는 바닷가의 반대쪽으로 15분 정도 걸어

가면 있었다. 그곳은 도쿄의 산야, 오사카의 가마가사키釜ヶ崎와 같이 일본 3대 인력시장 중 하나로 불리는 노동자들의 거리였다. 부랑자도 심심찮게 눈에 띄고 공원에서는 정기적으로 무료 급식소가 열리는 데다 길에는 찢어진 매트리스가 버려져 있기도 했다. 해가 진 후에는 웬만한 용건이 아니면 되도록 발을 들여놓지 않는 지역이었다.

— 알겠어요. 구호 물품 전달하러 갈 테니까 조금만 기다려주세요!

아카네는 핸드폰을 꽉 쥐었다.

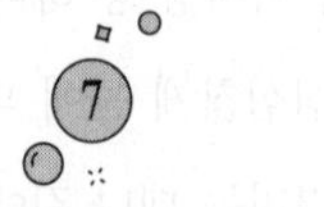

고토부키 아파트는 무료 직업소개소가 있는 큰길에서 한 블록 안쪽으로 들어가 모텔 거리로 향하는 중간쯤에 있었다. 지은 지 50년은 돼 보이는 낡은 건물의 외벽이 잠이 확 달아날 만큼 쨍한 주황색으로 덧칠돼 있었다. 부동산 회사에서 이 아파트를 보여준다면 말문이 막혀버릴 것 같은 독특하고 파격적인 외관이었다.

오래된 엘리베이터가 좌우로 조금씩 흔들리면서 천천히 올라갔다. 5층에서 내리자 바로 옆에 503호가 있었다. 낡아 보이는 초인종을 눌렀다.

"마나 씨, 괜찮으세요?"

현관까지 마중 나온 마나의 안색은 좋지 않았다. 후드 롱원피스에 레깅스를 입고 큰 사이즈의 빨간 도테라•를 걸치고 있었다. 몸이 상당히 안 좋아 보였다.

"네, 그럭저럭 견딜 만해요."

미소를 지으려던 마나의 미간에 살짝 주름이 잡혔다.

"머리 많이 아프세요?"

"아카네 씨가 와주셔서 기뻐요. 하지만 통증이 줄어들 기미가 없어서 지금 제가 몸이 안 좋다는 사실을 뼈저리게 느끼는 중이에요."

마나가 조금 못마땅하다는 듯 말했다. 열이 나 소풍을 못 가게 된 아이 같은 표정이었다.

"누워 있으세요. 이거, 구호 물품이에요. 생수랑 포카리스웨트, 요구르트, 젤리, 에너지 음료, 레토르트 죽 등 이것저것 사 왔어요. 냉장고에 넣어놓을게요. 참 마나 씨, 저녁은 드셨어요?"

"저녁……."

마나가 아카네를 멍하니 쳐다보았다.

"낮에 근처 편의점에서 삼각김밥 사 먹었어요."

"그럼 저랑 같이 저녁 먹어요. 샐러드랑 빵만으론 영양이 부족하니까 입맛이 없어도 먹을 만한 걸 제가 만들어볼게요."

마나는 순간 당황하는가 싶더니 "고마워요. 부탁드릴게요"

• 전통적인 겨울 방한용 덧옷.

하고 고개를 끄덕였다.

집 안으로 들어가자 4평 정도 되는 주방을 겸한 거실에 공간을 분리하는 용도의 미닫이문이 있고 안쪽으로 2평 남짓한 침실이 이어져 있었다. 거실에는 냉장고와 전자레인지 등 가전제품 외에 심플한 디자인의 약간 큰 목재 테이블과 의자가 두 개 놓여 있을 뿐이었다. 화장품이나 옷, 게임기, 잡지, 책 같은 자잘한 물건들은 어디에도 보이지 않아서 집이 아주 넓어 보였다.

"마나 씨, 혹시 저 온다고 치우신 거예요?"

"네. 보여드리기 좀 그런 물건들은 서둘러 침실에 다 몰아넣었어요."

마나가 애써 웃으며 열린 미닫이문을 지나 침실로 들어갔다. 하지만 침실 역시 깔끔하게 정리되어 있었다. 마나는 주저앉듯 침대에 걸터앉았다. 아무래도 몸이 많이 안 좋은 모양이었다.

"집을 왜 치우고 그러세요. 몸이 안 좋을 땐 무조건 누워 있어야죠."

침대 머리맡에 너덜너덜하고 빛바랜 실크 모자를 쓴 펭귄 인형이 놓여 있었다.

"주방 좀 쓸게요."

"저녁 메뉴는 뭐예요?"

마나가 침대에 누운 채로 주방에 선 아카네를 보고 있었다.

"그건 비밀이에요. 금방 되니까 조금만 기다리세요."

편의점에서 사 온 재료를 주방 싱크대에 늘어놓은 후 스스로 기합을 넣었다. 그런 뒤 우선 오이를 잘게 깍둑썰기 했다. 모양이야 어떻든 일정한 크기가 되도록 썰었다.

"왠지 기대되네요."

마나가 가냘픈 목소리로 말했다.

"꼭 기대하세요. 저도 정성을 다해 만들 테니까요."

등 뒤에서 마나가 웃는 기척이 느껴졌다.

"……긴장이 풀렸나 봐요."

마나가 중얼거렸다. 문득 마나가 지금 자기 이야기를 하려고 한다는 사실을 깨달았다.

"어떤 건지 충분히 이해돼요."

그렇게만 대답하고 잘게 깍둑썬 오이를 넓은 그릇에 담았다. 이번에는 토마토를 같은 크기로 깍둑썰어보려고 했지만 제법 어려웠다.

'어쨌든 작게 썰면 되겠지.'

"전 어렸을 때 방임 학대를 받았어요."

식칼을 쥔 손이 멈칫했다.

뒤돌아보니 창백한 얼굴의 마나가 담요를 두른 채 가만히 이쪽을 바라보고 있었다. 싱글맘이었던 마나의 어머니는 아이를 돌보는 데 전혀 신경을 안 쓰는 사람이었다고 했다.

"전 늘 굶주리고 가난하고 냄새나고 더러운 아이였어요. 제가 학교에 가면 모두 얼굴을 찌푸리고 코를 감싸 쥐었죠. 자리를 바꿀 때면 제 짝이 된 아이는 울음을 터트렸고 제가 만진 물건은 세균이 옮는다는 말도 들었어요……."

마나가 담담하게 이야기했다.

"어떻게 그런……."

야마시타 공원에서 만났을 때 마나의 이마에 있었던 흉터가 생각났다.

"제가 냄새나고 더러운 건 사실이었어요. 전 매일 엄마가 입던 크고 낡은 티셔츠만 입고 다녔거든요. 집에 있을 때 빨래한 기억은 한 번도 없고 목욕한 기억도 거의 없어요."

아카네는 채소를 썰던 손을 멈추었다. 아무 말 없이 그저 고개를 끄덕였다.

"그러다 초등학교 3학년 때부터 다행히 보육원에서 지낼 수 있었어요. 제가 살던 집 옆에 민생위원•이 살았는데 그분이 제 처지를 안타깝게 여겨 입소할 수 있게끔 도와주셨어요. 전 아주 운이 좋았다고 생각해요."

"마나 씨, 저 그 얘기…… 제대로 듣고 싶은데, 마나 씨에게

• 복지 사각지대를 발굴하기 위해 지자체가 위촉한 봉사위원.

얼른 저녁을 먹이고 싶으니까 만들면서 들어도 될까요?"

"네, 그럼요. 저도 아카네 씨가 식칼을 손에 들고 절 똑바로 바라보는 것보단 그쪽이 얘기하기 편해요."

마나와 동시에 작게 웃은 후 뒤돌아 도마를 마주하자마자 눈물이 흘러내렸다.

이번에는 양배추를 집어 들었다. 잘게 채를 썰려고 했는데 기시멘• 정도의 너비가 되고 말았다.

"보육원에서 처음 빨래라는 걸 해봤어요. 끈적끈적하고 더럽고 냄새나던 제 옷이 뽀송뽀송해져서 은은한 세제 향을 풍기며 세탁건조기 안에서 나왔을 때 말로 표현할 수 없을 만큼 기뻤어요. 이 옷을 입으면 어디든 갈 수 있을 것 같았죠. 뭐든 할 수 있을 것 같은 기분이 들었어요. 언젠가 많은 사람에게 이 기쁨을 느끼게 해주고 싶다고 진심으로 생각했어요."

'혹시 가끔 빨래를 보내오는 보육원이 마나가 자란 곳일까.'

오이, 토마토, 양배추를 접시에 담은 후 피자용 치즈를 봉지에서 꺼내 듬뿍 뿌렸다.

"네, 잘 듣고 있어요."

아카네가 눈물을 참으며 말했다.

• 납작하고 다소 폭이 넓은 국수.

"보육원을 나온 뒤로는 야간 전문학교에서 요양보호사 자격증을 따서 바샤미치에 있는 요양원에서 일했어요. 그러다 이직해 방문 요양보호사로 일하면서 에비하라 씨라는 분을 만났고 덕분에 이렇게 요코하마 코인 세탁소를 시작하게 된 거예요."

들어본 적 있는 이름이었다. 클리닝 다카오카에서 미쓰루와 마나가 나누던 대화가 떠올랐다.

"미쓰루 선생님의 열혈 팬이라는 할머니 맞죠? 옷 다림질은 무조건 미쓰루 선생님한테 맡긴다던."

"네, 맞아요. 에비하라 씨는 자산가인데도 피붙이 하나 없는 분이에요. 지금은 요양병원에서 24시간 케어를 받고 계시죠. 대화를 나누기 힘든 상태지만, 병문안하러 가면 다 안다는 얼굴로 기쁘게 맞아주세요."

마나는 에비하라 씨라는 노부인 자산가에게서 요코하마 코인 세탁소라는 큰 유산을 물려받은 모양이었다.

"안심하세요. 성년 후견인 변호사의 입회하에 에비하라 씨의 인지능력을 충분히 확인한 후 생전 증여 절차를 밟았으니까요. 제가 에비하라 씨를 속여 빼앗은 건 아니에요."

마나가 우스갯소리 하듯 웃으며 말했다.

"그런 생각은 조금도 안 했어요. 그래도 놀랍긴 하네요. 그런 일이 실제로도 있다니. 참, 프라이팬 좀 쓸게요."

"네, 얼마든지 쓰세요."

마나는 고개를 끄덕인 후 이야기를 계속했다.

"아카네 씨가 처음 코인 세탁소에 오셨을 때 길을 잃고 헤매다 지쳐버린 미아처럼 몹시 불안해 보였어요."

"네?"

아카네는 놀라 다시 뒤를 돌아보았다.

"세탁이 끝나고 서둘러 가버렸을 때는 많이 걱정했는데, 다행히 다시 돌아와줘서 기뻤어요. 건조가 끝난 빨래를 만지며 편안한 표정을 짓는 아카네 씨를 보고 꼭 기운 차렸으면 좋겠다고 생각했죠."

"그럼 절 아르바이트로 고용해주신 건……."

"프라이팬 예열이 다 된 것 같은데요?"

마나의 말에 허둥지둥 다시 가스레인지로 몸을 기울였다. 프라이팬에 다진 고기를 넣고 볶기 시작했다. 소금과 후추로 간을 했다. 맛있는 냄새가 올라오자 가슴이 편안해지면서 얼굴이 절로 풀어졌다.

지금까지 누군가에게 음식을 만들어줄 기회가 거의 없었다. 스스로 밥을 지어 먹는 일조차 드물었다. 그래서 요리에 정말 서툴렀다. 대학 시절 아주 잠깐 사귀었던 사람과는 세련되고 멋진 분위기의 식당에서 함께 식사하는 게 즐거웠다. 직접 요리한다거나 그렇게 만든 음식을 맛있게 먹어줬으면 좋겠다는 생각을 해본 적이 단 한 번도 없었다. 그러나 지금은 채소를 썰고 다진 고기를 볶는 게 전부일 정도로 조리 방법이 지극히 간단한 이 음식을 진심으로 마나에게 먹이고 싶었다.

"마나 씨, 오래 기다리셨죠? 고기는 물론 채소도 많이 들어가서 영양 만점이에요."

테이블 위에 옥수숫가루로 크레이프처럼 얇게 만든 토르티야와 다진 고기 볶은 것, 대강 깍둑썰기 한 채소, 칠리소스와 치즈를 내려놓았다.

"타코네요……."

마나가 뜻밖이라는 표정을 지었다. 구호 물품으로 뭘 가져가면 좋을지 열심히 궁리한 결과였다. 조금이라도 더 맛있으면서 보기에도 먹음직스럽고 영양도 많아 기운을 북돋아주는 음식을 먹이고 싶었다.

고심 끝에 아카네는 세계 각국의 다양한 식재료를 갖춘 요코하마 차이나타운의 24시간 수입 마트에서 토르티야와 칠리소스를 사 왔다. 타코의 속 재료인 오이, 토마토, 양배추, 다진 고기, 치즈는 편의점에서 조달했다.

"타코를 이런 식으로 재료를 직접 골라 싸 먹는 건 처음이에요."

마나가 오븐 토스터로 데운 토르티야 위에 채소를 가득 올렸다. 그리고 볶은 고기와 치즈, 칠리소스도 조금씩 곁들였다.

"그럴 줄 알았어요. 실은 저도 처음이에요. 미국 드라마에서 이렇게 먹는 장면을 본 적이 있는데 데마키즈시•처럼 골라 먹는 재미가 있겠더라고요."

아카네도 마나에게 질세라 토르티야에 재료를 가득 싸서 입을 크게 벌려 베어 먹었다. 볶은 고기의 기름과 칠리소스가 환상적인 궁합을 자랑했다. 적당히 익어 식감이 살아 있는 토마토에 다소 쓴맛이 나는 오이, 크기가 제각각인 양배추, 차가운 치즈가 어우러져 본고장 멕시코에서 먹는 듯한 기분이 들었다. 이렇게 마나와 얼굴을 마주 보며 타코를 먹고 있자니 절로 웃음이 났다.

"아카네 씨가 만든 요리 아주 맛있어요."

마나가 그렇게 말하며 기쁜 표정으로 고개를 끄덕였다.

"이 정도면 제가 만들어도 틀림없이 맛있을 거라고 생각했어요. 하지만 그렇다고 너무 무리해서 드시진 마세요. 남으면 남는 대로 샐러드로 만들어서 내일 아침으로 드시면 되니까요."

"고마워요. 이 정도는 먹을 수 있어요."

마나가 타코를 한 입 더 베어 먹었다.

"실은 며칠 전 요코하마 코인 세탁소 앞에 앉아 있던 남자

• 김 위에 다양한 재료를 얹어 원뿔 모양으로 말아서 먹는 스시.

아이를 봤을 때부터 옛날 생각이 나더라고요. 어젯밤 하필 두통으로 마음이 약해졌을 때 옛날 생각이 난 건지, 아니면 옛날 생각이 나서 두통이 생긴 건지는 모르겠지만요."

'그 남자아이…….'

오카모토 씨가 말했던 학대라는 단어를 떠올렸다. 지금은 마나에게 얘기하지 않는 편이 나아 보였다.

"예전에도 그런 적이 있었어요?"

자기 과거를 털어놓은 마나는 무척 담담해 보였다. 그러나 어린 시절에 그런 일을 겪었으니 지독한 트라우마가 남았다고 해도 이상하지 않았다. 예전의 자신을 떠올리게 하는 존재를 만났으니 앓아누울 만도 했다.

"아뇨. 과거 기억 때문에 아파본 적은 여태껏 한 번도 없었어요."

마나가 단호하게 고개를 저으며 말했다.

"그, 그런가요?"

아카네는 고개를 갸웃했다.

"제 생각엔 아카네 씨가 곁에 있어서 그런 것 같아요."

마나가 관자놀이를 눌렀다.

"네? 저 때문이라고요?"

깜짝 놀라 되물었다.

"전 지금까지 늘 혼자였거든요. 믿고 의지할 수 있는 사람이 곁에 있으니 긴장이 풀린 모양이에요."

마나는 다시 타코를 한 입 베어 먹더니 울음 섞인 목소리로 "정말 맛있네요" 하고 말했다.

다음 날은 구름이 살짝 껴서 날씨가 흐렸다. 출근길에 빨래를 맡기고 가는 손님이 어느 정도 줄었을 즈음 오쓰카가 뛰어 들어왔다.

"밖에 붙인 종이 봤어. 마나 씨한테 무슨 일 있는 거야?"

오쓰카는 평소 이곳에 올 때처럼 스포티하고 세련된 옷차림이었다. 그렇지만 어딘가 모르게 달랐다. 인상이 좀 흐릿해 보였다.

"아, 어서 오세요. 오쓰카 씨, 오랜만이네요. 근데 왠지 분위기가 달라졌는데요?"

아카네가 그렇게 말한 순간, 오쓰카가 멋쩍은지 손으로 머리를 넘겼다.

'아, 그렇구나. 오늘은 왁스를 안 바르고 왔네.'

매일 아침 공들여 손질해야 할 것 같은 오쓰카의 머리는 회사원치고는 조금 긴 편이었다. 아무것도 안 바른 뒤통수가 봉긋해서 꼭 10대 남학생처럼 보였다. 나이 들면 옷차림보다는 헤어스타일이 중요하다는 걸 아카네는 새삼 느꼈다.

"마나 씨는 몸이 안 좋아서 오늘 안 나왔어요."

"몸이 안 좋다고? 마나 씨 성격상 조금 아픈 정도로 안 나올 사람이 아니잖아! 그러면 입원해야 할 정도로 아프다는 거네? 많이 안 좋아?"

오쓰카가 목소리를 높이자, 아카네는 저도 모르게 얼굴을 찌푸렸다.

"마나 씨도 보통 사람이거든요? 입원할 정도는 아니라고 해도 몸이 안 좋으면 쉴 수도 있다고요."

"응? 그래? 그럼 그냥 감기에 걸린 거야? 왠지 마나 씨 이미지랑은 안 맞는데."

마나 씨에게 멋대로 환상 품고 기대하지 마세요, 하고 덧붙이려던 아카네는 자신도 오쓰카랑 다를 게 없다는 사실을 깨달았다.

주 6일을 항상 아침 6시부터 밤 10시까지 에너자이저처럼 일해온 마나. 마나는 자신과는 달리 뭐든 척척 해내는 사람이니 그렇게 일할 수도 있다고 생각했다. 그러나 아무리 좋아하는 일을 한다고 해도 과로가 누적되면 건강이 안 좋아지기 마

련이다.

“마나 씨도 담요처럼 큰 빨래를 잊어버리고 간 오쓰카 씨를 보고 이미지랑 안 맞는다고 하던데요?”

“그건…….”

오쓰카가 갑자기 머쓱한 얼굴을 했다.

“다음부턴 두고 간 물건이 있으면 재깍 찾아가세요.”

스태프 공간에 들어갔다 나온 아카네가 그렇게 말하며 커다란 종이백을 내밀었다.

“……넵. 죄송합니다.”

“그러고 보니 이거 아직 세탁 전이죠? 그럼 오늘 세탁하고 가시겠네요?”

“그러지, 뭐. 아카네 씨, 저기.”

“커피 드려요?”

“아, 커피도 부탁해.”

“잠시만 기다려주세요.”

커피를 건네받은 오쓰카가 카운터 테이블에 앉았다.

“어? 오늘은 일 안 하세요?”

여느 때 같았으면 벌써 맥북을 펼쳐놓았을 것이다.

“아니, 오늘은 재택근무 아니고 연차 썼어. 느긋하게 쉴 생각으로 말이야. 실은 요즘 들어 연차를 자주 쓰고 있어.”

오쓰카는 이유를 물어봐달란 듯이 아카네를 힐끔거리며

말했다.

"그러세요? 그럼 느긋하게 쉬다 가세요."

"아니, 잠깐만. 내가 요즘 왜 발길이 뜸했는지 안 물어봐?"

오쓰카가 기어이 울적한 목소리로 아카네를 불러 세웠다.

"아~ 그러고 보니 그렇네요. 요즘 왜 발길이 뜸하셨을까요?"

"아니, 좀 성의 있게 물어봐줄 순 없어?"

"저도 요즘 이런저런 일 때문에 바빴어요. 게다가 오쓰카 씨가 여길 안 오는 이유는 아마도 전 부인에게서 온 전화 때문이 아닐까 싶은데, 그렇게 사적인 일을 어떻게 물어봐요?"

"……."

역시 짐작이 맞았나 보다.

"전처 일은 이미 쿨하게 털어냈는데 애들한테 받은 상처가 생각보다 컸나 보더라고. 내가 매달 보내주던 양육비가 제법 큰돈이거든. 그런데 재혼하니까 이제 양육비 안 보내도 된다고 하잖아. 재혼하는 남자가 나보다 돈이 많나? 더 능력 있나? 이런저런 생각 하느라 잠을 못 자는 바람에……."

오쓰카가 손바닥으로 이마를 짚었다.

"심란한 이유가 그거예요? 포인트가 완전히 빗나간 거 같은데요."

"그도 그럴 게 난 열심히 일해서 돈 많이 버는 게 아버지로

서 의무를 다하는 거라고 생각했거든. 애 키우는 일 같은 건 잘 못하는 대신."

"애 키우는 걸 잘 못한다는 말, 애가 없는 제가 들어도 열받으니까 하지 마세요. 설마 전 부인 앞에서도 그렇게 말했어요?"

"응? 어. 늘 그랬는데?"

오쓰카는 그게 무슨 문제냐는 듯한 표정을 지었다.

"전 부인도 풀타임으로 일하셨죠?"

"응."

"거기다 집안일도 하고 애들도 키우셨고요?"

"그래, 맞아. 엄마니까."

"그럼 오쓰카 씨보다 훨씬 유능하시네요. 그러니 오쓰카 씨가 필요 없겠죠. 그런 능력 있는 분이 선택한 재혼 상대는 틀림없이 일과 가정 둘 다 소중하게 여길 줄 아는 도량이 넓은 멋진 분이실 테고요."

좀 심했나? 오쓰카가 당장에라도 울음을 터트릴 듯한 얼굴을 하고 있었다.

"저기, 잠깐 실례합니다."

자동문이 열리자마자 절박한 목소리가 들려왔다.

"어, 오카모토 씨?"

폴로 셔츠 차림의 오카모토 씨가 땀범벅이 되어 뛰어 들어왔다.

"며칠 전 그 남학생, 혹시 못 보셨어요? 알아보니 야마시타 중학교 1학년이더라고요. 방금 저기 큰길에서 누가 봤다고 해서."

시계에 시선을 주었다. 이제 곧 밤 10시였다.

"아뇨, 못 봤는데요. 무슨 일 있어요?"

오카모토 씨는 초조한 표정을 짓고 있었다. 어젯밤 마나가 들려준 이야기가 머릿속을 스쳤다.

"오늘 아침 집에서 어머니와 심하게 다투고 뛰쳐나갔다던데 그 후로 지금까지 행방이 묘연해요."

"네? 행방이 묘연하다고요……?"

아카네의 목소리가 떨렸다. 일부러 모호한 표현으로 얼버무리는 오카모토 씨를 보니 뭔가 심각한 일이 벌어진 게 틀림없었다. 코인 세탁소 앞에 쪼그리고 앉아 있던, 큰 사이즈의 옷을 입은 남자아이의 실루엣이 떠올랐다.

그때 좀 더 친절하게 말을 걸어줄 걸 그랬다. '추우니까 안에 들어와 있을래?' 하고 물어볼걸. 그 애 나름대로 말 못 할 사정이 있었을 텐데. 그것도 한계에 다다른 상태였을 텐데. 가게 이미지가 안 좋아진다느니 쓰레기를 어질러놓기라도 하면 민폐라느니 하면서 제 생각만 했었다.

"요코하마역 서쪽 출구에 있는 라이드에 가지 않았을까요?

이 주변에서 애들이 사라졌을 땐 대부분 거기 가면 있더라고요. 게다가 이 시간에 문이 열려 있는 곳은 거기밖에 없고."

오쓰카가 끼어들었다.

"라이드요? 게임 센터말인가요?"

아카네가 무심코 되물었다. 이전 직장에서 아주 가까운 강변에 꼭 요새처럼 생긴 건물의 게임 센터가 있었다. 지하는 스티커 사진, 1층은 인형 뽑기, 2층 이상은 아케이드 게임 이런 식으로 층마다 다양한 게임을 즐길 수 있어서 언제나 젊은 사람들로 북적이는 곳이었다.

"중학생 남자애가 이 시간에 게임 센터 같은 델 가면 금세 청소년 지도위원들에게 잡힐 텐데요. 좀 더 사람들 눈에 안 띄는 곳에 있지 않을까요?"

아카네가 반박했다.

"하지만 중학교 1학년이면 아직 한참 애잖아. 숨을 곳이라고 해봤자 뻔하지."

오쓰카의 말을 듣고 보니 과연 그랬다.

"게다가 그 앤 지금 큰 잘못을 저질렀다고 생각하고 있을 거야. 내가 중1이고 아주 힘든 상황이라면 마지막으로 가진 돈 다 털어서 게임을 할 것 같거든."

오쓰카가 인상을 찌푸리며 말했다. 어쩌면 자기 아이들을 떠올리고 있는지도 몰랐다.

"헛걸음해도 상관없으니 내가 갔다 올게요. 혹시 찾게 되면 전화할게요."

오쓰카가 자리에서 일어났다.

"저도 갈게요. 오쓰카 씨는 걔 얼굴도 모르잖아요."

아카네는 자신도 모르게 그렇게 말하며 따라나섰다.

결국, 셋 다 오카모토 씨의 차를 타고 요코하마역 서쪽 출구로 향했다. 뒷좌석에 앉아 사정이 생겨 잠깐 자리를 비운다고 마나에게 메시지를 보냈다. 세탁 대행 서비스 운영을 쉰다고 적혀 있는 종이 위쪽에 직원 부재중이라고 쓴 종이를 붙여 놓았다.

라멘 가게가 줄지어 늘어선 큰길에 가까워지자 아카네의 가슴이 울렁이기 시작했다. 낯익은 선샤인 부동산 간판이 보였다.

지금은 아이를 찾는 일이 급선무였다. 옛날 일 같은 걸 떠올리고 있을 때가 아니었다. 그걸 알면서도 점점 호흡이 가빠지고 자꾸 미간에 주름이 잡혔다.

"여기, 선샤인 부동산이죠? 그때 나카지마 씨에게 신세 많이 졌었는데.”

차 안의 긴장된 분위기를 풀어보려는 듯 오카모토 씨가 입을 열었다.

“네, 그때 이용해주셔서 감사했어요.”

조수석에 앉은 오쓰카가 백미러 너머로 이쪽을 힐끔 쳐다보기에 일부러 딴청을 피웠다.

“나카지마 씨가 그때 사이트에도 올라가 있지 않은 좋은 물건을 소개해주셨거든요.”

아카네의 몸이 얼어붙었다. 실은 부동산 사이트에 올려봤자 분명 문의가 없으리란 걸 알아서 제쳐둔 물건이었다.

“지금 집에 이사 오게 돼서 얼마나 다행인지 몰라요. 이게 다 나카지마 씨 덕분입니다. 정말 감사해요.”

“네?”

아카네는 자기 귀를 의심했다.

“기억나세요? 제가 ‘무조건 해가 잘 드는 집으로 구해주세요, 그 외에 별다른 조건은 없습니다’라고 했던 거.”

“네, 기억해요. 그 외에 다른 조건이 없다고 하셔서 진짜 놀랐거든요.”

그래서 역에서 멀고 좁은 것은 물론, 지어진 지 오래된 주제에 집주인이 욕심이 많아 그다지 저렴하지도 않고 엘리베이터도 없는 애물단지 물건을 떠넘겼다.

"지금 사는 집이 정남향인 데다 주변에도 단층 주택뿐이어서 기가 막히게 해가 잘 들어요. 매일 아침 커튼을 열면 집 안으로 햇살이 거침없이 쫙 쏟아지죠. 안 좋은 일이 있어도 지금 우울해하고 있을 때가 아니라는 생각이 절로 들 만큼 환한 집입니다. 제가 이직을 결심할 수 있었던 것도 지금 사는 집 덕분이에요. 정말 고맙습니다."

아카네는 운전하는 오카모토 씨의 뒷모습을 가만히 바라보았다.

"……고마워하실 일이 아니에요."

목소리가 잠겼다.

"그래도 그렇게 말씀해주시니 마음이 놓이네요. 저야말로 고맙습니다."

어떻게든 목소리를 쥐어짜내 말하자 백미러 너머로 오쓰카와 또 눈이 마주쳤다. 지금은 얼굴을 보이기 싫어서 고개를 돌렸다.

"어? 잠깐만요. 지금 갓길에 좀 세워주시겠어요?"

오쓰카가 다급히 물었다. 라이드에 도착하려면 좀 더 가야 했다.

"네? 아, 네."

오카모토 씨가 서둘러 깜빡이를 켰다. 오쓰카가 홱 뒤를 돌아보았다.

"아카네 씨, 저기 주차장에 있는 남자애. 혹시 재 아냐?"

오쓰카가 가리킨 쪽으로 시선을 돌리자, 빌딩 사이의 좁은 주차장에서 자동판매기를 올려다보는 남자아이의 모습이 보였다. 품이 남아도는 카키색 티셔츠에 펑퍼짐한 바지. 자세히 보니 티셔츠는 목둘레가 완전히 늘어져 몹시 때가 타 있었다.

"맞아요. 저 아이예요!"

차가 멈추자마자 오쓰카가 밖으로 뛰쳐나갔다.

"오쓰카 씨, 잠깐만요! 무섭게 생긴 아저씨가 갑자기 나타나면 겁먹을 거예요. 그러니 오카모토 씨나 제가……."

서둘러 말했지만 오쓰카는 보기보다 굉장히 빨랐다. 오카모토 씨가 사이드브레이크를 당기고 엔진을 멈추느라 시간을 지체하는 사이, 오쓰카는 자동판매기 앞에 있는 남자아이에게 뛰어갔다.

오쓰카를 본 남자애가 뭔가 눈치챈 듯 달아나려는 동작을 취했다. 왼쪽과 오른쪽 어디로 도망칠지 망설이던 찰나, 오쓰카가 남자아이의 팔을 붙잡았다.

"잠깐, 잠깐만 있어봐!"

남자아이가 오쓰카의 손을 뿌리치려고 필사적으로 버둥거렸다. 신발 굽 때문에 180센티미터가 된 오쓰카 옆에 서 있으니, 머리 두 개 정도 작은 남자애가 사나운 표정을 지어도 아직 어리게만 보였다.

"오쓰카 씨, 왜 애한테 겁을 주고 그래요!"

아카네도 차에서 내려 전속력으로 뛰어왔다.

몸싸움을 벌이던 중 남자애가 갑자기 축 늘어졌다.

"오쓰카 씨, 지금 뭐 하는 거예요! 그만 놔주세요!"

두 사람 곁에 막 도착한 아카네는 경악했다. 오쓰카가 남자애를 어린애처럼 안아 올리고 있었다.

"야, 지금 뭐 하냐……?"

남자애의 얼굴은 보이지 않았다. 하지만 온몸에 힘이 빠져 있었다.

"……혹시, 아는 사이예요?"

"아니, 전혀. 처음 보는 녀석이야."

남자아이는 마치 혼이 빠져나가기라도 한 듯 꿈쩍도 하지 않았다. 지금 무슨 일이 일어났는지는 모르겠지만, 어떻게든 여길 벗어나기 위해 죽은 척하는 작은 동물처럼 보였다.

"다니구치, 다니구치 쇼 맞지?"

차를 길가에 세운 오카모토 씨가 숨을 헐떡이며 다가와 묻자, 아이는 고개를 숙인 채 몸을 움츠렸다.

돌아갈 때는 조수석에 아카네가, 뒷좌석에는 오쓰카와 쇼가 앉았다.

“어머니는 무사하셔. 몇 바늘 꿰매긴 했지만, 입원할 정도는 아니라서 집으로 바로 돌아오신 모양이야.”

핸들을 잡은 오카모토 씨가 부드러운 말투로 설명했다. 오카모토 씨와 쇼의 대화에서 술에 취해 아침이 되어서야 집에 돌아온 엄마와 말다툼을 벌이다 쇼가 홧김에 주먹을 휘둘렀다는 사실을 알게 됐다.

폭력은 절대 용납되어서는 안 되는 일이지만, 쇼가 끌어안고 있는 문제가 그만큼 단순하고 가벼운 일이 아니라는 사실도 알았다.

쇼의 눈빛에 날이 서 있었다. 몸은 원래 타고난 체질인지 아니면 영양 부족 때문인지 깡말라 있었다. 오카모토 씨 쪽을 노려보던 쇼는 될 대로 되라는 듯 금세 시선을 돌렸다.

15분 만에 요코하마 코인 세탁소에 도착했다. 오카모토 씨가 가게 앞에 차를 세우며 말했다.

"오늘 두 분 모두 감사했습니다. 쇼는 일단 저희 기관에서 보호할게요. 쇼의 어머니도 점심때까지는 데리러 오신다고 했으니 앞으로 어떻게 할지 상담을 진행할 생각입니다."

"싫어요. 난 안 가요."

쇼가 낮은 목소리로 말했다.

"겁먹을 거 없어. 우린 지금 네가 처한 상황을 파악해서 도와주려는 거야."

오카모토 씨가 사람 좋은 웃음을 지으며 쇼를 바라보았다.

"겁 안 먹었거든요? 도움 따위 필요 없어요."

쇼가 딱딱한 말투로 답했다. 오카모토 씨가 입을 다물자, 오쓰카가 끼어들었다.

"배 안 고파? 어차피 아침부터 아무것도 안 먹었을 거 아니야?"

남자아이의 떡 진 머리를 아무렇게나 쓰다듬으며 말을 걸었다.

"오카모토 씨, 여기서 이 녀석 뭐 좀 먹이고 한숨 돌렸다가 저희가 택시로 데려다줄게요. 점심 전까지는 데려갈 테니 사무실 주소 알려주세요."

오쓰카가 마치 자기가 사장이라도 되는 듯 가게 안을 손가락으로 가리켰다.

"네? 하지만 그렇게 할 수는……."

오카모토 씨는 당혹스러운 모양이었다.

"……점심때."

그때 문득 쇼가 입을 열었다.

"아, 맞다. 어머니가 점심 전이 아니라 점심때 데리러 오신다고 하셨지? 그럼 사무실로 데려다주는 건 점심때로 할게."

오쓰카가 의아한 얼굴을 하면서도 고쳐 말했다.

"……점심때라고 했으면 저녁에나 올 거예요. 약속 시간 한 번도 지킨 적 없으니까."

쇼가 차가운 눈으로 중얼거렸다.

"이제 와요?"

카운터 너머에 마나가 있었다. 여전히 안색은 좋지 않았다.

"마나 씨, 괜찮으세요? 그냥 누워 계시지 왜 나오셨어요."

아카네가 서둘러 뛰어갔다.

"병원 다녀오는 길에 잠시 들렀어요."

"의사가 뭐래요?"

"편두통에 잘 듣는 약을 처방받았어요. 최근에 나온 신약이라 효과가 아주 좋대요."

"약은 아직 안 드신 거예요?"

"네, 공복에 먹으면 위가 쓰릴 수도 있다고 해서."

"그러면 얼른 뭐라도 먹죠! 실은 얘도 아침부터 아무것도 안 먹어서 배가 고프대요. 안 그래도 뭐 좀 사 오려던 참이었으니 마나 씨 것도…….”

“그럴 줄 알고 제가 도시락을 사 왔어요. 아카네 씨랑 오쓰카 씨, 물론 학생 것도 있어요.”

마나가 남자아이를 향해 미소 지었다. 아이를 찾고 가게로 돌아오는 중이라는 아카네의 연락을 받고 사 온 모양이었다.

“도시락이요? 아직 다 낫지도 않았는데 뭐하러 힘들게 이런 걸 사 오셨어요.”

“차이나타운의 기요켄에서 사 온 슈마이 도시락이에요. 자, 다들 얼른 이리로 오세요.”

스태프 공간의 작업대 위에는 심플한 배색의 테이블보가 깔려 있었다. 가운데에 비닐봉지에 든 네모난 도시락과 페트병 녹차가 놓여 있었다.

“도시락이랑 녹차 하나씩 가져가세요.”

“꼭 신칸센 탄 것 같네. 출장 가는 기분이에요.”

오쓰카가 기분이 좋은지 그렇게 말하고는 “자, 네 거” 하고 쇼에게 도시락과 차를 건넸다.

기요켄의 슈마이 도시락은 화려한 노란색 포장지 중앙에 지구를 연상시키는 커다랗고 파란 동그라미와 빨간 용이 그려져 있었다. 살짝 금색이 가미된 노란색과 주홍색에 가까운 빨간색, 그리고 바다처럼 환하고 선명한 파란색의 조합이 너무나도 중국스러웠다.

"잘 먹겠습니다."

뚜껑을 열자마자 보이는 그 다채로운 절경에 숨을 들이켰다. 쌀가마니 모양의 주먹밥을 나열한 듯한 밥 위에는 검은깨가 뿌려져 있고, 한가운데에는 보기에도 실 것 같은 초록색 매실이 올라가 있었다. 다른 칸에는 슈마이, 가라아게, 분홍색 가마보코•, 노란색 계란말이, 죽순 조림, 간장에 절인 생선구이, 다시마 채, 생강 절임, 말린 은행 등 푸짐한 반찬이 흘러넘치지 않을까 싶을 만큼 꽉꽉 채워져 있었다.

슈마이를 하나 먹어보았다. 간장에 찍는 걸 깜빡해 그냥 먹었는데도 육즙이 아주 진해서 맛있었다. 그다음엔 밥 그리고 달짝지근한 계란말이, 달콤하고 짭짤한 죽순 조림을 먹었다. 식었는데도 오히려 더 깊은 맛이 나고 맛깔스럽게 느껴지는 것이 신기했다.

모두 묵묵히 젓가락을 놀려 순식간에 다 먹어치웠다.

"슈마이 도시락, 오늘 처음 먹어봤는데 이렇게 맛있는 줄 몰랐어요."

페트병의 녹차도 여느 때보다 향기롭게 느껴졌다.

"아카네 씨, 기요켄의 이 도시락은 슈마이 도시락이 아니라 시우마이 도시락이에요."

• 어묵처럼 생선 살을 갈아 만든 일본의 대표 요리.

마나가 우쭐대듯이 말하고는, “제가 꿈에 그리던 도시락이죠” 하고 덧붙였다.

“어머니는 도시락을 싸 준 적이 한 번도 없었어요. 저에게 전혀 관심이 없는 분이셨거든요.”

쇼가 흠칫하더니 고개를 들었다.

“급식이 없는 날은 늘 편의점에서 빵을 사 갔어요. 그래서 어른이 되고 나서 이 시우마이 도시락을 처음 봤을 때 너무 설레어서 저도 모르게 와아! 하고 소리를 지를 뻔했어요. 제가 꿈에 그리던 도시락이었거든요. 그 이후로 특별한 날 점심은 꼭 이 시우마이 도시락을 먹기로 저 자신과 약속했어요.”

마나가 쇼를 똑바로 바라보았다.

“지금은 힘들 거예요. 하지만 언제까지나 그렇진 않아요. 좀 더 크면 자신의 힘으로 행복한 것, 좋아하는 것을 선택해 살아갈 수 있으니까요.”

쇼가 노려보듯 강렬한 시선으로 마나를 가만히 응시했다.

“그 옷, 직접 빨아보지 않을래요?”

마나가 희미하게 핏자국이 묻은 카키색 티셔츠로 눈을 돌렸다.

“갈아입을 옷으로는 제 옷이긴 한데 새 티셔츠를 가져왔어요. 옷장에서 오랫동안 데뷔할 날만을 기다리던 소중한 티셔츠죠. 아마도 오늘 쇼를 만나려고 그랬나 봐요. 속옷과 트레이닝복 바지는 신야마시타의 돈키호테에서 사 왔어요. 혹시 사이즈가 안 맞으면 미안해요."

마나가 스태프 공간에서 가져온 검은색 티셔츠에는 'METALLICA'라고 적혀 있었다.

"메탈리카……."

아카네는 무심코 중얼거렸다. 현란한 연주의 기타 소리와 파워풀한 드럼 소리, 고함을 지르는 듯한 보컬, 관객의 격렬한 헤드뱅잉으로 유명한 미국 헤비메탈 밴드의 이름이었다.

티셔츠에는 밴드명 말고도 붕대를 칭칭 감은 새빨간 해골이 회색 지구를 삼키려고 입을 벌린 일러스트가 프린트되어 있었다.

"'Madly in Anger with the World Tour' 콘서트에 갔을 때 저 자신에게 주는 선물로 산 거예요. 아마 2004년이었던 걸로 기억해요."

마나가 일러스트 옆에 영어로 길게 적힌 글자들을 가리켰다.

"……2004년이면 난 태어나기도 전이네."

쇼가 중얼거렸다.

"Madly in Anger, 이게 무슨 뜻인지 알아요?"

쇼가 고개를 갸웃거렸다.

"미친 듯이 화가 난다는 뜻이에요. 갓 스무 살이었던 제가 10년 만에 만난 엄마에게 속아 넘어가 대신 빚을 떠안게 됐을 때였어요. 라이브 콘서트에 갔을 당시, 기념으로 꼭 이 티셔츠를 사야 한다는 생각 하나로 버티고 있었어요. 하지만 상당히 파격적인 디자인이어서 결국 입지는 못했죠."

마나가 어깨를 으쓱이며 웃었다.

"이거, 쇼한테 줄게요. 여성 미디움 사이즈긴 해도 아마 지금 쇼 체격에 딱 맞을 거예요. 금세 자라겠지만 잠깐이라도 좋으니, 그때의 저 대신 이 미친 듯이 화가 난다는 티셔츠를 입어줬으면 좋겠어요."

마나가 티셔츠를 내밀자, 쇼는 '엽기적인 그림'이라며 실소했지만, 사양하지는 않았다.

메탈리카의 엽기적이고 빨간 티셔츠로 갈아입은 쇼가 세탁건조기의 유리문을 열어 원래 입고 있던 옷을 집어넣었다. 그리고 동전 투입구를 보고 망연자실했다. 문득 허리를 숙인 채 자동판매기를 올려다보던 쇼의 모습이 떠올랐다. 지금의 쇼에게 700엔 정도의 돈이 있을 리가 없었다.

"야, 내 거랑 같이 안 빨래?"

오쓰카가 가벼운 어조로 말을 붙였다.

"고작 그거 하나 빠는데 700엔이나 쓰긴 아깝잖아. 난 어차피 이 담요를 빨아야 하니까 같이 돌려줄게."

쇼의 대답은 듣지도 않고 오쓰카가 카운터 테이블 위에 놓인 종이백에서 담요를 꺼냈다.

“잠깐 비켜봐.”

당혹스러워하는 쇼를 대충 옆으로 밀치고 드럼통 안에 담요를 욱여넣었다.

“왜? 아저씨 담요랑 같이 빠는 거 싫어?”

“……돈을 내준다면 상관없어요.”

“역시 애라서 그런지 솔직하네.”

오쓰카가 쇼의 머리를 거칠게 쓰다듬었다.

“그럼, 돈 넣는다?”

오쓰카가 동전 투입구에 100엔짜리를 연달아 밀어 넣었다. 일곱 개를 넣자 빨래 위로 스콜이 내리듯 맹렬한 기세로 물이 퍼부어졌다. 세제 거품이 끓어올랐다.

“……대박.”

쇼가 중얼거렸다. 신기한지 눈을 빛내면서 유리문 안을 들여다보았다.

“……거품이 시커메졌어요. 내 옷이 저렇게 더러웠다니.”

쇼가 손가락으로 가리킨 거품은 확실히 회색이었다.

“아니에요. 저건 아마 이 회색 담요에서 색이 빠져서 그런 걸 거예요. 아무리 더러운 옷이라도 흙투성이 정도는 되어야 저런 색의 거품이 되거든요. 쇼의 옷은 검은색에 가까워서 이염될 우려는 없으니 안심하세요.”

마나가 쇼에게 미소 지으며 말했다.

"그러면 아저씨 담요가 더럽다는 얘기네."

쇼가 오쓰카를 올려다보았다. 눈에 즐거운 기색이 역력했다.

"안 더럽거든? 제대로 듣긴 한 거야? 색이 빠진 거라잖아?"

오쓰카가 순간적으로 당황해서 마나를 힐끔 봤다가 쇼의 머리를 톡 쳤다.

"하지만 지금까지 이 담요 제대로 빤 적 없죠?"

쇼의 예리한 지적에 오쓰카의 말문이 막혔다.

"……어. 담요도 물빨래 가능하다는 건 여기 와서 처음 알았거든."

"그럼 진짜 한 번도 안 빨았다는 거잖아. 으으, 더러워."

쇼가 일부러 얼굴을 찌푸려 보였다.

"야, 너 자꾸 이럴 거면 700엔 내놔."

"내가 왜요? 돈 없어요."

쇼가 히히 웃었다.

"얼마나 깨끗해질지 기대되네요."

마나가 그렇게 말하자 쇼는 "구경해도 돼요?" 하고 씨익 웃더니 세탁건조기 앞에 쭈그리고 앉았다.

드럼통 속에서 거대한 회색 담요가 꿈틀거리며 돌고 있었다. 그러다 이따금 조금 전 쇼가 입고 있던 옷이 시야를 스쳤다. 쇼는 건조가 끝날 때까지 그 자리에서 움직이지 않았다.

1시간 후 티셔츠와 바지, 담요가 은은한 세제 향을 풍기며 뽀송뽀송하게 건조되어 나왔다.

"너, 이걸로 다시 갈아입고 가. 오늘 메탈리카 티셔츠를 입고 NPO 사무실에 나타나는 건 좀 아닌 것 같다. 어른들의 세계에선 첫인상이 중요하거든."

오쓰카가 익숙하게 명령하자 쇼가 순순히 자기 옷으로 갈아입었다.

"그러면 마나 씨, 시우마이 도시락 잘 먹었어요. 야, 너도 인사해야지!"

요코하마 코인 세탁소 앞에 택시가 와 있었다. 어느 틈에 오쓰카가 호출한 모양이었다.

"……잘 먹었습니다."

"천만에요. 다음에 또 놀러 와요. 중학생한테 커피는 좀 이르지만, 물이라면 얼마든지 줄 수 있으니 편하게 들렀다 가요."

마나가 생긋 웃으며 쇼에게 손을 흔들어주었다. 쇼에게 하고 싶은 말이나 해주고 싶은 일이 분명 있었을 것이다. 그러나 마나는 담담한 태도로 배웅했다. 오히려 그 담백한 거리감이 마나가 쇼와 같은 경험을 했었다는 사실을 새삼 일깨워주었다.

"오쓰카 씨도 오늘 고생 많으셨어요. 몸도 마음도 회복되시면 다음에 또 저희 가게를 찾아주세요."

"몸도 마음도 회복되시면이라니……."

오쓰카는 마나의 말에 쓴웃음을 지었다.

"잠깐 거기서 기다리고 있어. 어른들끼리 할 얘기가 있으니까."

쇼에게 그렇게 말한 오쓰카가 이쪽으로 뛰어왔다.

"사무실에 데려다주면 거기서부터는 오카모토 씨 기관에 맡길게요. 아마 그 사람이라면 알아서 잘 도와주겠죠."

오쓰카가 부드러운 눈빛으로 쇼를 돌아보며 말했다.

"네, 그게 좋겠어요. 오쓰카 씨에겐 쇼보다 먼저 제대로 마주해야 할 사람들이 있으니까요."

마나가 태연한 얼굴로 돌직구를 던졌다.

"……."

오쓰카가 놀란 얼굴로 마나를 보았다.

"오쓰카 씨에 관한 얘기를 좀 들었어요. 오쓰카 씨는 좋은 아빠가 되고 싶었던 거예요, 그렇죠?"

마나의 말에 오쓰카가 돌연 눈을 내리깔았다.

"난 어쩌면 지금까지 어떻게 해야 할지 몰랐던 게 아닌가 하는 생각이 들어요. 육아도 그렇고 집안일도 그렇고 내 적성에 안 맞았던 거죠."

오쓰카가 코를 찡긋거렸다.

"하지만 실은."

마나가 단호하게 고개를 가로저었다.

"실은 좋은 아빠가 되고 싶었다는 말, 꼭 제대로 전하세요. 전 부인에게도 아이들에게도. 오쓰카 씨는 가족을 사랑하지 않은 나쁜 사람이 아니라, 사랑을 표현하는 데 서툴렀던 거예요."

"……난 서툰 사람이었군요."

오쓰카가 쓴웃음을 지으며 마나의 말을 되뇌었다.

"네. 하지만 이제 알았으니 의지만 있다면 지금부터라도 조금씩 개선할 수 있을 거예요. 친아빠는 오쓰카 씨니까 아이들에게 언제든 기댈 수 있는 존재가 되어주세요."

마나가 오쓰카 씨를 격려하듯 들여다보다가 이내 그 뒤에 있는 쇼에게 시선을 주었다.

"자, 쇼가 기다리니까 얼른 조심해서 다녀오세요."

오쓰카의 등을 떠밀 듯 배웅했다.

"오쓰카 씨가 늘 얄미운 말만 했던 건 사실 다 허세였군요. 그나저나 마나 씨, 정말 돌직구 잘 날리시네요. 오쓰카 씨 아마 지금쯤 충격받았을걸요?"

아카네는 오쓰카와 쇼가 택시에 올라타는 모습을 바라보며 말했다.

"오쓰카 씨가 기운 내길 바라니까요. 게다가 제가 오쓰카 씨에게 마음이 있다고 착각하지 않았으면 하는 뜻도 있고요."

대수롭지 않게 대답하는 마나를 보고 아카네는 푭, 하고 웃음을 터트렸다.

"그래도 그렇게 대놓고 말하다니 대단하세요. 아, 그러고 보니 마나 씨 두통은 좀 어떠세요?"

"덕분에 다 나았어요. 아까 먹었던 신약이 의사 선생님 말처럼 효과가 좋더라고요. 걱정 끼쳐서 죄송해요. 그래도 이 세상은 조금씩 나아지고 있는 것 같네요."

"너무 무리하진 마세요. 무슨 일 있으면 저한테 기대세요. 아직 부족하긴 하지만요."

"고마워요. 앞으론 컨디션 관리 철저히 할게요. 솔직히 지금까지 무리하긴 했어요."

마나의 표정이 진지해졌다.

"제 꿈이 이루어진 게 기뻐서 하고 싶은 일들에 몰두한 나머지 제대로 쉬면서 일해야 한다는 사실을 까맣게 잊고 있었어요."

"저기, 그래서 말인데요……."

아카네가 조심스럽게 입을 열었다.

"저, 세탁기능사 자격증 따려고요. 세탁을 제대로 공부해서 세탁 대행 일을 돕고 싶어요. 빨고 건조해서 개는 과정 전부요. 제가 세탁 전문가가 되면 마나 씨도 좀 더 쉴 수 있겠죠?"

마나가 눈을 크게 떴다.

"앞으로 어떻게 살아야 할지 솔직히 아직도 잘 모르겠어요. 아마 앞으로도 고민은 계속되겠죠. 그래도 지금은 여기서 이 일을 열심히 해보고 싶어요. 공부해서 자격증을 따면 그때는 틀림없이……."

골든리트리버 네네와 부모님의 얼굴이 떠올랐다. 사랑하는 사람들에게 걱정 끼치기 싫었다. 나를 두고 아카네는 앞으로 어떡하면 좋지, 하고 근심하는 일이 없었으면 했다. 그 마음은 예전과 다르지 않았다.

하지만 열심히 공부하고 다림질을 연습해서 세탁기능사 자격증을 따고 스스로 자신감이 생기면 홋카이도에 있는 네네를 만나러 갈 수 있을 것 같았다. 아니, 틀림없이 오카모토 씨처럼 슬쩍 웃으며 여러 가지 사정이 있어서 이직했어, 라고 부모님에게 솔직히 털어놓을 수 있을 것이었다.

되도록 사람들 눈에 띄지 않으려고 구부리고 다녔던 등을 꼿꼿이 펴자, 늘 보던 주위 풍경이 달라지면서 조금 반짝이는 듯한 기분이 들었다.

"자격증을 따겠다는 건 아주 좋은 생각이에요. 앞날을 위해 공부에 투자하면 쓸데없는 고민이 줄어들 뿐만 아니라 언젠가는 내가 정말 가야 할 길도 보일 거예요."

마나는 아카네를 똑바로 바라보며 고개를 끄덕였다. 함께 요코하마 코인 세탁소를 번창시키자 같은 말을 하지 않는, 어딘가 쿨한 마나의 배려가 고마웠다.

"네!"

"아카네 씨가 세탁 대행 일을 도와주면 저한테도 좋은 일이죠. 시험 대비는 얼마든지 제가 도와드릴게요. 아, 맞다."

마나가 하던 말을 멈추었다.

"아카네 씨에겐 미쓰루 선생님이 있었죠? 모처럼 목표도 세웠겠다, 이참에 미쓰루 선생님하고 더 친하게 지내세요."

"네? 그게 무슨 말이에요?"

당황해서 되물었다.

"말 그대로예요. 아카네 씨, 미쓰루 선생님과 이야기할 때 무척 즐거워 보이거든요."

"그, 그런가요? 전 전혀 몰랐어요. 하지만 진짜 정말로 그런 이유로 세탁기능사가 되겠다고 한 건 아니에요. 정말이에요!"

왠지 모르게 뺨이 화끈거렸다.

"당연히 그렇게 생각 안 해요"라고 말했지만, 마나는 은근한 미소를 짓고 있었다.

그때 자동문 열리는 소리가 났다. 늦은 오후의 햇살이 쏟아지는 요코하마 코인 세탁소에 빨래로 잔뜩 부푼 커다란 보스턴백을 끌어안은 사람이 들어왔다.

"어서 오세요. 뭘 도와드릴까요?"

두 사람이 동시에 입을 모아 물었다.

요코하마 코인 세탁소

초판 1쇄 인쇄 2024년 11월 29일
초판 1쇄 발행 2024년 12월 16일

지은이 이즈미 유타카
옮긴이 이은미

대표 장선희 **총괄** 이영철
책임편집 현미나 **기획편집** 한이슬, 정시아, 오향림
책임디자인 최아영 **디자인** 양혜민
마케팅 최의범, 김경률, 유효주, 박예은, 한태희
경영관리 전선애

펴낸곳 서사원 **출판등록** 제2023-000199호
주소 서울시 마포구 성암로 330 DMC첨단산업센터 713호
전화 02-898-8778 **팩스** 02-6008-1673
이메일 cr@seosawon.com
네이버 포스트 post.naver.com/seosawon
페이스북 www.facebook.com/seosawon
인스타그램 www.instagram.com/seosawon

ISBN 979-11-6822-350-9 03830

서사원은 독자 여러분의 책에 관한 아이디어와 원고 투고를 설레는 마음으로 기다리고 있습니다.
책으로 엮기를 원하는 아이디어가 있는 분은 이메일 cr@seosawon.com으로 간단한 개요와 취지,
연락처 등을 보내주세요. 고민을 멈추고 실행해보세요. 꿈이 이루어집니다.